戦時下の恋文

原爆で消えた父を探して

常石登志子

てらいんく

戦時下の恋文

原爆で消えた父を探して

目次

はじめに

今年も八月六日がやってきます。原爆記念日（八月六日）は、戦後七八年たった今日でも、沖縄慰霊の日（六月二三日）、終戦記念日（八月十五日）とともに忘れてはならない日です。

その日、爆心地から六百ｍの当時陸軍第五聯隊師団司令部で、朝礼に参列している多くの人々と共に、私の父は被爆死しました。正確に言えば、行方不明です。二九歳でした。

昭和二〇（一九四五）年になり、日本各地の都市が空襲に見舞われるようになりましたが、軍都広島はまだ大きな空襲を受けていませんでした。七月になると、戦局が愈々悪化してきたため、父は家族（父母、妻、長女、長男）を広島市平野町の自宅から広島市郊外の安芸郡府中町（爆心地から約五㎞）の小さい家へ、急遽、疎開させました。

半月も経たないうちに、「その日」はやって来ました。平野町の実家は、焼失したようですが、疎開したお陰で家族五人は無事でした。それでも、移り住んだ家の二階の窓ガラスは爆風で粉々に割れ、天井は吹き上がったとのことです。

八月六日に帰宅する予定だった父は戻らず、新型爆弾が落とされたという噂が流れました。翌七日から九日まで、身重の母は、父を探して、師団司令部のみならず、広島駅、白島、牛田へと、市内各地を歩き回りました。母と母の胎内にいた私は後に、入市被爆者に認定されました。三日間の捜索もむなしく、遺骨も、遺品も見つかりませんでした。

その時、母は二五歳、以来九七歳で亡くなるまで、七二年間寡婦を通しました。

二〇二二年二月二四日、第三次世界大戦に繋がるかもしれないと心配されるほどの戦争が始まりました。核兵器（劣化ウラン弾を含む）が脅しに使われ、原発が立地地域を破壊する武器になることも明らかになりました。

米国の科学者らが二〇二三年一月二七日に発表した「世界終末時計」は、（人類滅亡まで）残り九〇秒となりました。

私は今年、七七歳になります。生まれた時から父親の顔を知りませんが、祖父母が居てくれたお陰で寂しい思いもあまりせず育ったので、父がどんな人だったのだろうかと深く考えることもありませんでした。が、この歳になって、世界中が、戦争を止めるための叡智を求められているこの時、先の戦争の当事者であり被害者でもあった見知らぬ父と話をしてみたいという気持ちが強く湧きました。

父が遺したものは、本ばかりでしたが、母が朱塗りの文箱に保管していたふたりの婚約時代からおよそ二年間の往復書簡に、父の肉筆が残っていることに思い至りました。
これらの手紙に語ってもらいたいと思ったことは、次の三点です。
一、父が母をどのように想っていたか。結婚について。
二、父の軍隊での生活から見える戦争観。世界観。
三、父がジャーナリズムの環境にいたことから、この時代の報道について。
その他に、当時の父母がまだ知らなかった原爆について私見を述べたいと思います。

両親の恋文を読む心情というものは、面映ゆいものでした。読むのをやめたいという気持になることもしばしばでした。しかし、この昭和十三年から二〇年は、日中戦争から敗戦まで、日本が戦時下に置かれた時代の真っただ中、その下での恋なのです。あの時代の人々の生活や考え方、社会の雰囲気などを知ることで、何かしら今日の私たちにとって得るものがあればと思いなおし、私は、父を探しに出ることにしました。

第一部

第一章　牛込の家

父の名は、山本利《とおる》という。

大正五（一九一六）年　四月一日　広島に生まれた。

昭和十三（一九三八）年　東京帝国大学卒業後、一年間、東京同盟通信社政治部に勤務。

十四（一九三九）年　一月　出身地広島の野砲兵第五聯隊補充第一中隊に入営。

九月二〇日　甲種幹部候補生に任ぜられる。

九月二四日　船越百合子と、結婚。

十一月一日　豊橋陸軍予備士官学校入学。

十五（一九四〇）年　六月二七日　同校卒業。

七月　久留米市西部第五一部隊楠隊にて見習士官を務める。

十六（一九四一）年　十一月一日　陸軍少尉に任ぜられる。
十二月八日　太平洋戦争開戦
十七（一九四二）年　二月十三日　ビルマ（現在のミャンマー）方面へ出動。
二月十六日　門司港出発。
二月十七日　第二五軍隷下に入る。
三月三日　サンジャック入港。
三月五日　西貢《サイゴン》上陸。
三月九日　同地出発。
三月二六日　ラングーン上陸。
六月二四日「マラリヤ」にてラシオ第百二一兵站病院に入院。
七月七日　大隊本部附。
七月二三日　治療退院。
十二月三一日　補充隊に転属。
十八（一九四三）年　一月十日　ラシオ出発。
一月十二日　ラングーン着。
一月三〇日　同出発。

二月五日　胎南着。
二月十九日　同地出発。
三月九日　宇品港に帰着。
三月十二日　除隊。予備役に編入。陸軍中尉に任ぜられる。
二〇（一九四五）年　三月十五日　再度、野砲兵第五聯隊補充隊に応召。
六月二〇日　報道部将校に転属。

二〇年八月六日に、投下された原爆の下（爆心地から六百メートル）で、二九年四か月と五日の人生を終えた。

父が母を見初めた話

父と母のなれそめについては生前の祖母から聞いていた、

「利は電車の中で百合子を見初めた」

「家迄ついて行った」の二点である。

そこから私はさまざまに想像をめぐらしたものだ。

以下は、山本利が、書き溜めていた小説の一節である。書きかけなので、「タイトル」もなく、唐突に始まっている。これによると、「尾行」はなかったかもしれないが、「偽装見合い」のようなものはあったらしいので、記してみる。

「題名のない父の小説」

此の登紀子の母については、懐かしい思ひ出が幾つもある。この人は関西の名医の家に生まれ、高い教養を獲た兄妹の一人であった。我が国に於ける碩学の家には自ずから一種の風格があって、その中には比較的近代性が流れているものである。それは、その学者なる人の獲得した学問が概ね資本主義前期におけるリベラリズムの氾濫した時代の所産である為でもあらうか、伊勢のある都市にその人ありと知られた名医を父に持った。一男三女はいづれも高い教育を授けられた。そして幸ひにもその父の感化によって正しい方向にその知識は向けられ、立派な人になっていた。亨は登紀子から時に告げられる此の祖父に関する逸話を綜合して彼女の母をさういふ風に形作ってみるのであった。

彼らの婚約の形式は至って古風であった。

大学を卒業した年の八月頃、亨はひとりのお嬢さんの写真をもらった。亨にはそれが気に入った。

両家の共通の知人たるK博士が仲に入って巧くまとめてくれたわけだった。まず、登紀子を山田の両親が見ることになった。K博士が歌舞伎座に登紀子を連れ出し、たまたま観劇中の亨の両親と会ふといふ仕組みになっていた。結婚は普通の場合、「家」が重大なモメント（契機）となる。それは単なる亨と登紀子との相愛の所産ではない。「登紀子が山田の家に入る」といふ別の形で重要な意味を持たされるのである。

亨はかふいふ家父長性家族と、夫婦を中心とした近代的な家族との差、その優劣を考へてみないではなかったが、事実上、結婚が家と家との間の出来事と化するのを如何ともする事は出来なかった。

八月の終わりの納涼劇も千秋楽となる日であった。わざわざ上京したK博士と亨の父母と登紀子との顔見世が行はれた。亨はそのまま、京橋のアパートに置いておかれた。自分が企んだこととはいえ、亨は之でいいものかと考へずにはいられなかった。

「女は売り物」といふが、大げさに言へば、略奪結婚の名残とでもいふか、娘を一つの家に貰ふといふ形式があまりにも強く見えるその時の彼にはさう考へられたのであった。かふいふヒューメーンな問題となると彼は極めて敏感であった。人間的な感情の形式の点で些かも不平等な点があってはならない。彼の持論（オピニオン）とでもいふべきものであった。彼は独り京橋のアパートで窓から暮れてゆく街を眺めていた。

彼は独りで頷いて立ち上がった。

最も彼の好きなネクタイとワイシャツを行李から取り出した。万一の場合に彼がとっておいた品であった。彼は身なりを整へると門を出て近くの洋菓子店で小綺麗な「petit ful（プチ・フル）」の包を購めた。登紀子の留守宅を訪れようといふのであった。暗い街の辻に案内標が立っていた。番地を見ながら、歩いて行くと、直にその家は見つかった。亨はその門の前を幾度となく往来して入る事に逡巡したのを今も恥ずかしく思ひ出す。

臍の緒切る思ひで呼び鈴を押して出てきた登紀子の母と苦しい対面を半時続けたのを思ひ出す。辛うじてこの難しい来意を告げ、物解かりのいい母の了解を得た。此の時初めから此の母に近代的な良さを認めることが出来た。之を彼はこよなく嬉しがった。母も共通の話題の選択に困り果てて、只扇ばかり使っていたし、亨も慣れぬ煙草を燻らせるのみであった。何もまとまった話をしなかった。何のための訪問かがうやむやに終わった。半時間の後に彼は辞去った。

それでも彼は彼の訪問の価値を自ら認めていた。登紀子が山田の家の秤に載せられている以上、亭も岩越の家の量器にかけられなければならぬ、平等の感情は彼にさう教へていた。歌舞伎座の事件は双方に平衡で終わった。之は正しい事にちがいない。登紀子が親達に計られている間に、亭もその母に認められた、それでいいのだ。

双方の会見は双方とも上首尾に終わって、次の日曜日に麹町の奥まった茶寮で正式の見合いといふものが行はれた。

登紀子は亭の父母とすでに親近であったし、亭は之と同様に登紀子の母と親近であった。もちろん、両家の間に物固い挨拶が交わされた。にも拘わらず、着飾った彼女は、父母と顔を見合わせて微笑んだし、亭は相手の母と軽く口を交わすことができた。その席は決して窮屈なものにはならなかった。軽いユーモアも出、互いは時に顔を見合わせては又、眸をそらせたりしながら、次第に見慣れて行った。互いが、互いの親たちと親しいといふ事は、その両人の間を著しく近づけるものである。此の形式は確かに成功であったと言へよう。

山本利の小説の中では、本人は「山田亭」、婚約者（恋人）は、「岩越登紀子」と書かれている。余談であるが、私は、父の死後五か月に生まれた時、さて、名前はどうしようとなって、彼の書いていた小説の主人公の名前にしたのだと聞かされて育った。私と父との絆はこの名前にこそ厳然とあると思い込んで生きて来た。私の名前は「登志子」である。ささやかな、それでも私にとっては、大切なこのエピソードまでもが、父と母の恋文を読んだことによって、間違いであったことを、七七年を経て、知ることになったのである。

「父が国電内で見初めた女学生を尾行して家と名前を突き止め、大恋愛に発展し、(反対するであろう)家族を説得するために、偽装工作をした」というなら、あの時代にしては、「よくやった」と言ってもいいのだが、知り合いから写真を見せられて気に入って、彼女と両親との「顔見せ」の場を設定し、「品定め」してもらう工作をしたというだけでは、外野席の私にはなにも感動する点がないように思われた。自分では、品定めされる百合子を気の毒だと思い、それなら、自分も彼女の親(当時、百合子の父は福岡に赴任していたので、母花子だけだったが)に品定めしてもらおうと、百合子のいない留守宅を突撃訪問するわけである。

彼のいうところの「フマニスト(ヒューマニスト)」としての面目躍如と自己満足しているわけであろう。当時、利は、二二歳の若者、現在の私は七七歳の高齢者であるから、利をこのように嗤《わら》ってしまうのもお許し願いたい。ともあれ、その日は、十三年九月十八日のことだったが、以後、九月十八日は(サラダ記念日ならぬ)、利と百合子と母、花子の三人の間で「(突撃訪問）記念日」として、言い交わされるようになっていったようだ。

もう直ぐ一年、九月十八日が迫ってきます。心の中で盛大にお祝ひしませう。

㉕（昭和十四年七月　利）

昨年の夏、母をお訪ね下さいました記念日が参りますのね。母は、「あの時はこまった、こまった」と繰り返し本当に困ったらしく笑いながら話してをります。

㉖（昭和十四年七月　百合子）

「品定め」を成功させ、正式な「見合い」を経て、両家の両親からの許可も得て、山本利は、有頂天と不安との間で揺れながら、半年間、百合子と、銀座や、浅草や、神宮の森や、東京中の公園を散策しながら徐々に思いを深めていった。本当のことをいえば、彼の思いは、最初から頂点にまで振れていたのだが、問題は百合子の思いの方だった。百合子は、最初のころは、おそらく全くの受け身で、適当に受け流しているようすだったが、手紙の回数が増えるに従い、思いが深まっていったように見受けられる。

山本利はふたり兄弟で、女性のことが皆目わからない。弟、朗とは、四歳違いで、中、高、大学も一緒、下宿も一緒だった。利が、就職して、互いの住居は離れたが、あいかわらず、休みの日には、一緒に映画・演劇など観に行っていた。百合子と交際するようになっても、デイトの時は、たいがい、弟がついてきた。まさかとは思うが、広島の両親が、利の監視をするように朗に申し渡していたのかもしれない。それに、彼は、二人きりになるのが心のどこかで怖かったのかもしれない。自分自身がどのような行動をとるのか未知数だったからだ。

三人デイトを重ねてわずか数か月で、利に召集令状が来た。昭和十四年一月十日をもって、帰郷し、広島市野砲に入営した。それからおよそ一年は婚約者として、広島の利と東京の百合子との間で、手紙のやり取りが始まった。

婚約時代の手紙に見る女性観

今もまたあなたを考へています。こちらへ来る前、僕はあなたを無理矢理求めましたね。嫌だったでせう。僕も自分をどうしていたらいいのかわからなかったのです。でもやはりあのままで結婚生活に入るのはいい事ではない。今のやうに無理に引き裂かれて僕が鍛へに鍛へられて立派な男になってからやっと大人の結婚生活ができるのでせう。僕は努力しています。まるで犬か猫のやうに上官たちに扱はれてもじっとしています。

①（昭和十四年一月　利　入営直後）

昨週は、百合さん、お手紙を呉れませんでしたね。日曜の午後、母が来てくれましたが、あなたからのお手紙がなくて寂しい思いをしました。あなたの前信は、二十日近くも内懐に収めて時々出して見ていた為にぼろぼろになって了ひました。

②（昭和十四年二月　利）

家へ帰って牛込の家の庭で撮られたまだ女学生だった頃のあなたの写真【注】を何度も眺めました。本当を言ふと時々あなたの姿を思ひ浮かべやうとするのですが、どうしても映像になってくれない事があって悲しくなります。

⑦（昭和十四年三月　利）

【注】先の「題名のない父の小説」の中で「享はひとりのお嬢さんの写真をもらった。享にはそれが気に入った」とあるのがこの写真と思われる。以後何度も言及されている。

演習場の片隅に菫に似た小さい花が幾つとなく咲いていました。暖かな演習場の木陰は又となくいいものです。あなたをいつも思ふ、小さいこの花をたはむれに摘むのもあなたをそれとなく思へばこそ。

街に見える娘の姿も軽やかに華やかになってきました。自分の気持ちもかるくなって来ます。五月になれば、お会ひしよう、乗馬姿でお会ひしよう。

（中略）心静かになったこの日頃、又あなたが思はれてなりません。

⑨（昭和十四年三月　利）

ピアノが上達されたやうで嬉しい。読書は、どうですか、キュリー夫人はどう暮らしていますやら、どうもいい文章が書けなくなりました。御免ください。

何と言っても、お会いしたい、『野砲隊の華』が面会所に来なくなったといって隊では寂しがっています。一日も早くお出で下さいね。

㉑（昭和十四年七月　利）

「読書」について

昭和十四年一月から、東京に婚約者百合子を置いて、広島の野砲に入営して半年、軍隊生活の合間に我に返っては百合子を思う利であった。手紙を待ち焦がれ、次に会える日を健気に待っている様子が窺われる。対して百合子は、素直に従順に利に応えているようだった。殊に、「本を読む」ことに関しては、熱心で利に少しでも近づきたい一心のように見受けられた。

これには、驚いた。というのも、私は物心ついて以来、母が本を読むところを見たことがないからである。父と交際していた頃と父亡き後の母は、大きく変わったのではないかと、手紙を読んでの感想である。利の母弘子は、新聞を丹念に読み、私達孫にニュース解説をしてくれたものだった。いつも雑誌や本を読む人で、読んだ本の感想なり、筋書なりを、だれかれとなく話してくれる人だった。足が不自由で、一日中座っていなければならなかったからでもあるが。私は母に「おかあちゃまは、どうして本を読まんの?」と聞いたことがある。彼女の答えは「おばあちゃまが、なんでも話して下さるから、読む必要がないのよ」だった。

父があの日、忽然といなくなって、母がどのように生きたのか? というのは残酷な問だと思う。それでも一言、言っておきたいと思うのは、こんなに、熱心に本を読み、生き生きと父に語りかけていた母が戦後、まったく読まなくなってしまったという一事をとっても、希望をなくして生きていたと言えると思う。父の代わりを三人の子供が埋めることはなかったように思う。

『大地』について

つい今まで、戴いたご本『大地』を読んでおりました。一部も二部も私の心を躍らせませんでしたが、三部の最初から米国より帰って来た淵《ユアン》が父王虎《ワンフー》に会いにゆくまでは、なんと私の心を生き生きと希望に溢れさせたことでしょう。只、うれしいのです。胸が高鳴っております。（中略）

でもでもまだ大きな喜びがあります。それはご本を読んでおります間中、何につけても常にあなたを念頭より離していないと言うことがわかって言い知れぬ喜びが胸を満たしております。

父の事（百合子の父達《とおる》は二月に病死）から少しづつ心が落ち着いて参りましたので、しみじみ感ぜられますが、私はこうして離れているほど、その念に耐えませんの。お正月、お会いした時の倍も倍もお慕いしております。それは、母にお聞きになればよくお分かりになるでしょうよ。母には屡々《しばしば》からかわれますもの。

⑪（昭和十四年四月　百合子）

これに対して、

「大地」の第一部の重点は我々にとっては「阿蘭《オーラン》」の性格に求められます。彼女がその與《あた》へられた運命を其の儘受け入れてじっと我慢しながら力強く生きてゆく、その生活方法の如何が我々の間に問題にされた事でした。かうした型の女性と前に差し上げた「ロベール、女の学校、未完の告白」に現はれたエヴリーヌ、ジュヌヴィエエヴの人達とどんなに遠い事でせうか、あなたはどっちを取りますか、勿論途はひとつですよ。

「息子達」は面白いと思はなかった。王《ワン》家が如何にブルジョア化して行き、乱れた生活を営むかが問題です。之は嬉しくない。「分裂せる家」の青年たちは如何にもハリ切っているます。之はいい話です。その生活のしかたが健康なのです。何を目指して行動しているかを考へる時、その生活態度の真面目さが喜ばしいのです。勉強してください。あなたの利は第一流の人物だ、之に劣らぬやうに第一級の女性になってやらうと考えてみて下さい。道はお互いに遠く難い、でも、何となく楽しいものがある。峠を越えた時の二人が伯林《ベルリン》へでも行って手を取り合って歩く時を考へてみませう。
では、五月　必ずお出で下さい。待っています。

⑬（昭和十四年四月　利）

婚約時代、彼の下宿を訪れた百合子に折々に手渡した本は、次の様なものである。
一、若い人（石坂洋次郎作）
一、夜明け前（島崎藤村作）
一、アンドレ・ジッドの三部作
「ロベール」「女の学校」「未完の告白」
一、真実一路（山本有三作）
一、大地（パール・バック作）「息子たち」「分裂した家」とともに三部作「大地の家」を
構成する

私は映画に少しも参りません。行きたくございません。今私の願望は、本を読みたいことです。「キュリー夫人傳」求めようと思ひます。きっと得ることがありませう。阿蘭か、ジュヌヴィエエヴか、とおっしゃいますのね。

私、父の死に會ってその後自分はどんな子になるのかしらと自分でわからなくなりました。阿蘭《オーラン》の様に我慢強くはございません。むしろジュヌヴィエヴ、でもあまり極端すぎますもの。もっと適当な表し方ないかしら　探しますわ。

⑭（昭和十四年四月　百合子）

『キュリー夫人傳』について

キュリー夫人傳、半を読みました。とても考えたことがございます。皆読んでからお聞きくださいませね。早く読みたくても化学の本を引っ張り出していると少しも進みません。キュリー夫人は自転車で遠くまで二人で走っています。

⑰（昭和十四年六月　百合子）

お話ししたい事たくさんございますが、キュリー夫人に還りませうか、私の最も尊敬するあこがれの像となりました。否（ママ）の打ち所のない方です。圧迫に圧迫を重ねられたポーランドに表れた貧しい気の弱い、旺んな私たちには想像もできない位の天分を持った彼女でした。彼女は家庭愛に慈まれていました。彼女の一生に、到るところに自己犠牲は行はれてをりますが、それは幼い頃から家中の人の自己を捨てても兄妹を助けるその美しい心の表れかもしれません。家を美しく立派にすることは大切なこととつくづく感じました。

気の弱いやさしいこの人は立派な信念を持ってをりました。

「我々がなにものかを賦与されていること、且　この何ものかを是非とも到達しなければならないことを信じなければならない」と、あくまで自己信頼を完うしました。常に自己を犠牲にしながらそれができたのですから偉いと思います。あなたの人と争はぬことは、決して欠点だとは思ひません。易者が言った「出世」の意味を私は疑います。富・名誉を指すのでせう。

人と争はなくとも自分の進むべき道には進めるものだといふ事がわかりました。形に表れる富や名誉には限りがございます。キュリー夫人はそれらすべてに無関心でありました。心身を消磨して世の為にラデュームのために盡してその科学的作用の為に身を悪くして消える如く世を去って行ったのです。こんな人間の一生こそ本当に生きがいのある一生と言ふうべきかと思います。その生涯は波乱を極めてをります。でもその中でよき妻であり、母である事の出来たかの人を心から尊敬します。私もその様な生涯にぶつかって自分

キュリー夫人

の力をためしてみたい気が致します。もうひとつ、夫妻の間の愛情の深いこと。愛情といふよりむしろ神秘的なものだとかいてありますが、共にチームを作らうとする本能的なものです。二人とも有名を厭ひました。二人とも化学の為に二人でなくてはならない、離すことの出来ないそんな仕事を持っていたのでした。羨ましいと思いました。日本では夫は社会に出て妻は家を守る。ただそれだけで良いのかしらと考えます。何か他にも自分の目的を定めたいと思ってをりましたが、この頃妻の役目の大切な事も少しづつ分かる様な気がして来ました。只、理想を高く持つことをはっきり定めたい気が致します。「女の学校」のご本などで、理想の高いところへ二人が進むといふ事をお教え下さいましたが今はっきりわかった気が致します。その理想は富でもなく、名誉でもなくもっと知られぬ、深い、このキュリー夫妻の産み出した様な一生をあこがれたいと思います。

凡人がそれを望むことは困難過ぎておかしいのかもしれませんが、私たちにはそれに向かって進む事が尊いのではないでせうかと、考えます。高い理想は人を美しくすると申しますが、私はその美しさを求めます。見えない美しさを求めます。こんな漠然とした理想では何にもなりません。だんだんはっきりとした目標のものを見出します。どうぞお教え下さいませ。わけのわからぬことを書いたかもしれません。書けないのが歯がゆうございます。お目にかかって色々お話が伺いたい。キュリー夫人傳も持って参りませうね。

㉓（昭和十四年七月　百合子）

お手紙有難う。心から嬉しく思いました。白い花弁を幾度香りを楽しんだことでせう。あの手紙は相当佳作だと思いました。

思へば、あなたも大人になりかけているし、豪くなっても行きます。いい事ですね。大人の手紙を書けるあなたになりました。褒めておきます。

㉒（昭和十四年七月　利）

時々、不図、僕はあなたを獲る前迄、何を考へ、何を目指して暮らしていただろうかと考えます。今はもう、あなたなしでは、とても暮らせさうもありません。例えばキュリー夫人傳を読みます。昔なら自分の為に読みました。所が今ではあなたを導く糧となすばかりです。

もう、離れられなくなりました。六月といふ月の寂しかったことと言ったら、何を見ても、何を聞いても、一人でいる時は、何となく普通のやうな気がしないのです。

㉔（昭和十四年七月　利）

思へばあなたとも長い交渉を持ったものです。もう直ぐ一年、九月十八日が迫ってきます。心の中で盛大にお祝ひしませう。僕たちのこの間柄は世にも美しいものではないでせうか、僕は暇さへあったならば、この美しい関係を一つの物語に作り上げて「新しい人々」とでも題したいと思った事があります。新しい男性たちは僕の執った道を通らなければならない。新しい女性たちは同様に又あなたの執った道を通らなければならない、そうしてその間柄は如何にあるべきでせうか、我々の如くあるべきより他致し方ないのでせう。あなたは幸いにして向上の一途を辿っている。結構な事です。この度の手紙などは殊に宜しいと思ひました。

此の世に於ていかに生くべきか、何が最も価値あるものかについてあなたが考察を始めたことは実に僕を喜ばせました。あなたの言った富や名誉がほんとに果たして何でせう。

㉕（昭和十四年七月　利）

キュリー夫人傳の四半（四分の一）を読みました。感ずる所がいかにも多い。「女の学校」の上欄に書き込んだ様に、キュリーにも多くの書き込みが出来ました。お会ひして又お話しませう。

あなたが「考へる」事に就いて書きましたね。新しい時代の人々は、考へなければならない。

眞理の白光を求めよ
知られざる新しき道を求めよ
・・・・・・

過去の営みに新たなる労作を加えよ（キュリー　90頁）

アスニックの此の詩は、マーニャならずとも、又、十九世紀の青年ならずとも、感激させるに充分な力を持っています。我々が社会生活を営む以上、その社会の全成員をして最も幸福なる生活が出来得るやう、努力しなければならぬ。

㉔（昭和十四年七月　利）

戦時下の生活

戦時下ならではの、光景も描かれてはいる。靖国神社前を通る時は、深々と首を垂れる。百合子は「大好きな兵隊さん」と思っているし、利は「海ゆかば」を二部合唱するのが大好き……。

昭和十三（一九三八）年といえば、盧溝橋事件を契機にして日中戦争は始まっており、南京陥落も報じられてはいたはずだ。ジャーナリストなのだから、時事問題を少しは論じてもいいのではないかと思うのだが、個人的な事柄と、本の話以外、全く触れられていない。例えば「巴里祭」を語る利。

巴里祭は一七八九年七月十四日を起源とします。巴里の大革命の起こった日です。迷妄の中に投げ込まれていた仏蘭西の人々を救ひ、理性の陽の中に齎した記念すべき日、マダム・キュリーの実践的理想主義も此の日に淵源していると考ふべきでせう。

㉔（昭和十四年七月　利）

利は明らかにフランス革命を賛美している。そのことと、自分の置かれている立場を重ね合わせて見ることはしない。また、資本主義にも批判的な眼を向けている。

時代は各々自らの夢を抱いている。蒸気機関、電気、その他、未知の世界の続々と拓かれて発明発見が相続いた十九世紀の産業革命の時代には前にも言った資本主義体制が採られ、この体制（体制とは、社会的経済的な制度）が十九世紀に最も適合した形でした。「金を儲けること」そのことがこの社会では、最も価値ある仕事とされていたのです。いいですか、父母の時代には、「立身出世」と呼ばれたものです。それはいったい何を指すでせう。その頃はしかし、金を儲ける事に全成員が全精力を指向していればそれでその社会は結局富み、人々の生活水準も全体的には向上した。それ故「立身出世」も肯定されていたのです。（難しい？　質問してください）

しかるに此の制度の欠陥が此の二十世紀になって以来顕著に現はれて来ました。金銭の獲得は、富者に便にして、貧者に不利なのです。貧富の差が著しくなってきました。此の制度は、最早二〇世紀には適しない。「昨日の夢は過去の中に葬り去られた」としているのです。所が未だ「今日の夢」が現れていない。「我等は知識の炬火《たいまつ》を執り」「過去の営みに新たなる労作を加へ」なければならない。「未知の殿堂」を建設しなければならない。どういふ夢を懐いたらよいのか、僕もあなたも知りません。二人で協力してこの道に進みませう。この道を拓くこと、（ふたりして）が最も尊い結婚の務めなのです。

㉔（昭和十四年七月　利）

そうは言いながら二〇世紀に顕著になって来た資本主義の欠陥をどう改善、改良、改変して行けばよいのかには、「僕もあなたも知りません」ですませている。「二人で協力して『この道』に進みましょう。この道を拓くことが、最も尊い結婚の務めなのです」と言っている。こんなことを言われて、百合子は納得しただろうか？　煙に捲かれてしまったのではないだろうか？　私は利の百合子に対する教えてやってる態度が垣間見える度に「百合子ガンバレ！」とエールを送りたくなった。

軍隊生活

昭和十四年一月に広島の野砲に入営してからの手紙は軍隊での生活が詳しく述べられている。六時起床―六時二〇分兵舎前で点呼―大砲の掃除……背嚢を負って駆け足で行く五里行軍、夜八時から翌朝一時まで、吹きさらしの廊下に立つ不寝番（居眠りは営倉行き）……

今日の日課をお知らせしてみます。夜中にたたき起こされて、舎前に集合、四時です。巻脚絆に帯剣です。直ちに比治山へ駆け足で行きました。眠くて、寒いが、三十分も走るといい気持ちです。六時に帰って馬の手入れ、馬蹄を洗ふ水が冷たい事。手を切られるやうです。七時朝食、冷たい味噌汁に麦飯が仲々うまいです。八時半から十一時迄演習。大砲を出して砲手の演練です。八十名ばかりの兵の中を四班に分けて上手下手の順に並べましたが、自分は第一班に入りました。よかった。正午前に又馬に水を飲ませ、飼ばを與へます。昼食。今日は休みで午後三時間の暇がありましたが、洗濯、風呂等に大部分を失ひ、わずかに酒保【注】の為に割き得ただけ。汁粉、うどん、パン、納豆、饅頭と、これだけ食べてペロッとしています。この食慾をお目にかけたい。健康になりました。不眠も直りました。仲々いい、でも寒いのはやりきれません。手が痛い。

(中略)消灯九時半後、十一時迄食堂で勉強しますが、眠くて辛い、身体上の苦痛が翌朝伴ひます。幹部候補生は仲々難しいです。第一中隊第一班第一席に座っている山本利は、何でも山本、山本で気骨も折れます。そろそろ室内でもきつくなって、鉄拳も飛びます。危険です。暮らし難くなりました。今夜は寒い。早く寝ないと風邪をひきさうです。

③(昭和十四年二月　利)

【注】 酒保——兵営内におかれた売店

集団生活ゆえの伝染病も発生する。

今日、僕らの中隊に赤痢患者が出て、到頭この一週間余り外出禁止、面会禁止の封鎖状態に閉じ込められました。困った事です。昨日はチフスの予防注射で皆熱が出てしまひ、一日中布団に押し込められてフウフウ言っていました。今日も胸が大きく腫れて痛みます。

④（昭和十四年二月　利）

十三日は再び行軍、原村演習場への八里の道を歩きました。

十四日は待望の実弾射撃、ニュース映画等でご覧になったでせう。砲身がぐっと下がる、山腹にパッと土煙が上がるといふ景を描きました。この射撃は実に面白い。よく當ります。山腹にトーチカ型の目標を設けて千五百メートル辺りの距離で撃つのです。

十五日も実弾射撃。面白いものです。

⑬（昭和十四年四月　利）

演習だからか、無邪気なまでに楽しそうである。実戦だったら、トーチカの中には人間がいるはずだ。

一番主義と一流主義

利にとって一番うれしいのは、一番になることだった。

嬉しいお便りを差し上げましょうか？　第一中隊に幹部候補生志願者が百名足らずいますが、現在僕はその第二位に在るさうです。父が喜んでいました。「どうだ、もう少しガンバって一番にならないか」と言ひました。僕もそう思っています。なにしろ、天下の秀才だ、退営したら同盟ですぐ外国へやってくれると父は約束していました。

どうです、『独乙《ドイツ》　伯林《ベルリン》にて　山本同盟特派員発』となるかもしれないのですよ。楽しいことです。それを考えて『コブを出して』（努力することをここではさう言います）います。

それから、大砲の砲手の二番砲手になった事を報告しましたかしら？

大砲には一番から九番迄の砲手が付きます。僕は十門の中、第三分隊の二番砲手になりました。「二番」は眼鏡を覗いて照準を付ける砲手中の最重要位です。ですから、砲手班百名中の三番目に位しているわけです。えらいものでせう、

⑦（昭和十四年三月　利）

これに対して百合子も負けてはいない。

私も無事卒業させていただきました。

成績なんかどうでもよいと思ってあんなに勉強しませんでしたのに、四番である事がわかりますと、もう少し真面目にすればよかったと随分勝手なことを考へました。

⑧（昭和十四年三月　百合子）

幹候の成績は明確な所はわかりませんが、十中八、九迄パスです。中隊八十人中試験初日は四番、二日目は一番に昇ったさうです。その後の結果は未だ不明です。お喜び下さい。

⑨（昭和十四年三月　利）

お喜びください。幹候の結果が判明、聯隊で第二席です。どうです、あなたの僕は偉大なる秀才ですよ。学校も無事終わった。兵役も聯隊千名中の第二席だ。少々胸を張って歩かうと思っています。あなたも誇って下さい。一歩一歩高みに進んでゆく僕を

（中略）

これで、五月一日、一等兵、七月、上等兵、九月、伍長、同時に豊橋練兵学校に入校、十月、軍曹、翌年三月、曹長、見習士官と進めるのです。

⑩（昭和十四年四月　利）

もう、演習も無いし、楽になります。中隊一の山本一等兵は仲々に重用されています。ここでひとふんばりしてもうひとり抜けば、聯隊一です。どうですか？

⑬（昭和十四年四月　利）

この「どうですか？」はよく出てくるが、「どんなもんだい！」と言う意味である。

あなたの利は第一流の人物だ、之に劣らぬやうに第一級の女性になってやらうと考えてみて下さい。道はお互いに遠く難い、でも、何となく楽しいものがある。峠を越えた時の二人が伯林《ベルリン》へでも行って手を取り合って歩く時を考へてみませう。

⑬（昭和十四年四月　利）

この時は太平洋戦争開戦前だからか、意外にのんきなことを言っている。軍隊の生活は、坊ちゃん育ちの利にとっては、二等兵として入営した当初は、身体的にも精神的にも辛いことの連続だったことだろう。それによく耐え、ユーモアも失わなかったのは、大した人だと思う。百合子の言葉を借りて次の様に褒めようと思う。

星がお増えになっておめでとうございます。
相変はらぬ細やかな立派なお手紙、只々　嬉しく有難く拝見いたしました。どんなにか毎日お疲れでいらっしゃいませう。この中ではち切れるばかりのお元気を失はれない利様はお偉い事。

⑭（昭和十四年四月　百合子）

それにしても、読み進むにつれ、利のうれしいこと、真っ先に百合子に伝えたいことは、ますます「一番」「第一席」「自分は第一流の人間」。この「一番主義」「一流主義」が、どうも、鼻に付いてならない。自分がそうであるから、百合子にも「自分に劣らぬよう第一級の女性になろうと考えなさい」という。これに対して、母は、さほど抵抗は感じない様だ。むしろ、その考えに同調していくようでさえある。

そういえば、またひとつ、思い出したことがある。私の生家―山本の家―の価値観はひどく単純なものだった。

『男は頭脳　女は美貌』それだけだった。

男は東大に入る事。女はきれいでなければ価値がない、といった風だった。母が父に見初められたのも美しかったからだ。その後、母の気の強さだったり、茶目っ気だったり、負けん気だったりといった属性がことごとく父の気に入ったらしいのは幸運だった。利の両親が百合子を認めたのも「美しい」からだった。

母が原爆投下後の広島市内に父を探しに行ったところを、宍戸さん（後述）が見て「美しいご婦人が……」と書いておられる。母を形容する時は必ず「美しい」が付いた。私には「おかあさんはきれいなのにね」がついた。

利は、未完成の小説の断片に、百合子の美しさについて次のように書いている。

亨は食卓越しに彼の婚約者を眺めた。彼女はトーストを小さく切ってはおとなしく食べていた。どうかすると奥歯の金《キン》が光ったりした。健康そうな張り切った顔。色は余り白くないが、小麦色で艶がある。眼はぱっちりとして眸は実に美しく澄んでいる。丁度心の穢無さを示すように。鼻筋も通って気高い。

絶世の美女というのではないが、さりとて何処として非を附けるところはない。

よく、試みに、登紀子を銀座通りで亨は自分と離して知らん顔して歩かせる事がある。道行く人の注目を一応彼女は惹くらしい。してみると美しいのだなと、亨は思うのである。

もう、一旦恋して了うと美醜の範疇が揺らぐのだ。亨も少々自分のそれを怪しいと思い始めた。だから、人の判断を利用しなければならない。

今、彼の前にある顔はやはり美しい。朝の日を横向きに受けて眩しそうにしている所も捨て難い。然し三日に一度くらいづつ会って、じっと見ていると、次第にそれが自分のものになって、美しいなと思う心に打たれる感じが乏しくなるものだ。その代わり、その顔を見ていると心が澄んでくる。伸び伸びとしてくる。心が浮き浮きと昂って来るのであった。

「嫌よ、何をご覧になってるの？　パンの粉でもついていますか？」

「いや、美しいなと思っているのです。」

「いけません、そんな事仰ると私、増長しますわよ」・・・（後略）

婚約時代も、そろそろ終わりに近づいた。

前略

今月二十四日に（結婚式が）決まった。考えてみれば後十日にも足りないのですが、仰せの通り、自分の事とは思われず、僕としては何だか父母の事の様な気がします。隊の中の自分に何の変化もないからなのでしょう。

それと同時に、乙女時代とお別れだと言ったあなたに切実にそれが感じられないように、独身者（バチェラー）と別れる僕にもそれがはっきりと感じられません。軍隊生活等にいて、この結婚が変態的だからでしょうか？

そこで、この変態的な結婚に対する僕の考えを申しますと、之迄と大本は変らないことにしようと思うのです。という訳は、お互い未だ若いし、僕はそれで「旦那様」なんかになるのはおかしい、あなたも、奥様になるのはおかしいでしょう。

一人一人でいる時は今まで通りの若い伸びやかな気持ちで居ようというのです。ただ僕の（僕だけかしら？）愛情が高点に達したために妻になっていただくだけで、つまり僕が窮屈な生活をして、その間に与えられる僅かな時間を極限まで楽しむ為にその間だけ妻になっていただくだけで、その他の大部分の時間はお互いに一兵隊として、一令嬢として今まで通り暮らしてゆこうと言うのです。こんなことを書くとあなたが非常におこるか、賛成してくれるか、どっちかでしょう。（後略）

㉜（昭和十四年九月十五日　利）

独身時代のふたりの恋文はここで終わる。

ふたりの手紙のやり取りで、戦時下の恋と、軍隊生活の一端はなるほどわかったけれども、読む前の私の勝手な思い込みからは、大きく外れていた。

戦時下でありながら、太平洋戦争勃発前であるからか、さほど生活に困窮している様子はない。

百合子は、婚約後に、ピアノを買って十八歳から、レッスンを受け始めている。

これは、私の想像だが、ピアノは山本の家が買ったのではないかと思う。花嫁修業のためであろう。そうでなければ、子だくさんの船越の家が十八にもなった娘の為に購入するとは思えない。買うとしたらもっと子供の時に買うだろう。ピアノは利の希望だったかもしれない。また、デイトの時もそうだが、広島から両親が上京してくると、一緒に精養軒とか、高級料亭で度々、食事をしている。

こんなご時世にと言いながら、別荘へ避暑に行くとか行かないとか。

山本利の方は、「誰にでも分け隔てなく、優しい人だった。軍隊では、部下に慕われた」と、祖母や母からさんざん聞かされていた人とはどうも思えない。恋文なのだから、孔雀の雄のように、自分をよく見せようと多少の自慢はするだろう、それを割り引いても、「天下の秀才」とまで自らを表するだろうか？

第二章　獲たる哉　思うがままの　月と女

そして、十四年九月二四日、いよいよ、ふたりは結婚式を挙げた。

『止まれる瞬間』（利の小説）

車は宮島へ向かうアスファルトの坦々たる観光道路を営らに飛んで行った。左側に瀬戸内の夜の海が見えた。秋晴れの高い空には星が瞬いていた。亨は今迄に此の空、此の海の美しさを果たして感じたことがあっただろうかと我に顧るのであった。十数年来、亨の家に勤めている忠実な運転手がこの車を操っていた。

彼の深い心遣いは、バックミラーを横に向けて、何時もは多い口数を今日は黙っていてくれる事によっても覗われた。亨を包む全ての人が彼の結婚に歓びとある慰りとを感ずるらしいのであった。秋の夜の冷たさが薄い兵隊の夏服を通してうすら寒く迫って来た。亭は、傍らの登紀子を顧みもしないで独り考えていた。

今日の結婚式の披露の席で彼の友達がいつもの亭を見る眼と一種違った光を示していた事に彼は気が付いた。

勿論、彼らは親しい友の幸福を心から喜んでくれている。そしてその喜びは確かに深いものである。にも拘わらず、彼に一種の気の毒さを感じているらしいのを亭は見逃すことが出来なかった。彼の兵隊服が周囲の人の眼に哀れに映じたのは動かす事の出来ない事実であった。亭は之ら地方の人々の間で常の亭に返って振舞うことが出来なかった。彼は宴の間、じっと椅子に座って人形のように表情を動かさなかったのを覚えている。彼は車の中で自分の姿を今一度見廻して苦笑した。

此の複雑な感情の中で彼は彼の為の宴が父のお蔭で賑々しく進められていくのを見ていた。

兵営生活に馴れた彼の舌に運ばれる一皿々々の料理が山海の珍の如く感ぜられた。傍らの登紀子はじっと静かにフォークを動かしていた。花嫁姿が美しかった。彼は此の時、悲愴とも言えるある感じに打たれるのを如何ともする事ができなかった。

花嫁姿の意義、昼間見た白装束、胸に差した短刀、之らを思えば、亭は何となく胸のしめられる思いがするのであった。宴の半ばに、傍らを顧みると、登紀子は微笑んだ。彼女は少し身体を寄せて囁くように「ご馳走、随分おいしいんですけど、あんまり食べちゃいけないんですってね」と言った。耳に挟んだK博士夫人が、眼で笑ってそっと彼女を睨んだ。その眼で、彼を見て笑った。そうした瞬間、亨は腹の底から深い真剣さを濾して幸いの感じが湧き上がってくるのを覚えた。それは、比類の無いものであった。

それは何とも表現を許さないものであった。

ただ、此の時が刻々と過ぎ去るのが惜しかった。亨は卓の前の「山田家ご披露宴献立」と書いたメニューを取り上げて裏を出した。

「此の上ない瞬間が過ぎ去る
瞬間よ止まれとファウストが叫んだように
此の瞬間が永遠のものであって欲しい
一皿、一皿が然し、容赦なく時を刻んでゆく　　亨」

登紀子の卓の前にもメニューがあった。

彼は、手をのばして取った。

「僕の愛する作家A氏はこういう事を書きました。

『一生の中にこういういい日が果たして

幾日数えられるであろうか』と、
果たして幾日あるでしょう、
そして今日はその少ない幾日かの一日に違いないでしょう」

亭は筆を擱《お》くとこの二葉を傍らの人に押しやった。彼女は小さい身振りでそれを受け取ると、じっと暫くながめていたが、黙って彼に返した。彼は後ろのボーイを呼んで、隣の卓の大学生にこの二葉を渡してくれないかと頼んだ。彼は愛するただ一人の弟に此の兄の大きな喜びを裂きたかったのだった。

ボーイから受け取った明はちらと亭を眺めて会釈した。彼はしばらく考えて、胸から紙片とペンを取り出すと何やら書いてボーイに託した。

こう書いてあった。

「愛する兄さんがそれ程までに喜んでいらっしゃる――

僕は心からおめでとうを申します。

『　獲たる哉　思うがままの　月と女　』」

名刺の裏に認めてあった。亭は独りでに笑いが口の端に上ってくるのを感じた。明の方を向いて片目をつぶって見せた。明は、片手をちょっと挙げた。之だけで二人の間には充分だった。

★　★　★

観光道路を通りすぎると車は砂利の途にかかって、動揺が起こり始めた。亭は初めて傍らの新しい妻を眺めた。彼女も何か考えているらしかった。顔を見合わせると流石ににっこりと笑った。

半年余の兵営生活は二人を遠く退けていた。こうして同じ車に乗るのも八か月振りになる。東京で会っていた時分、三日と明けず、会っていつも乗り廻していた頃の自動車が思い起こされたのだった。

そうだ、藤原義江のオペレットの帰途だった。車の中で、彼女の方から初めて手を差し伸べて、亭の手を求めたのは。

彼女の手は冷たかった。亭の手は暖かかった。

「暖かい手は何とかと申しますわよ」

彼女が言ったのを思い出す。膝の上に拡げたスプリングコートが変な役割を果たしたのを覚えている。銀座から牛込へ帰る途は、いつもお堀の横から九段坂へ昇って

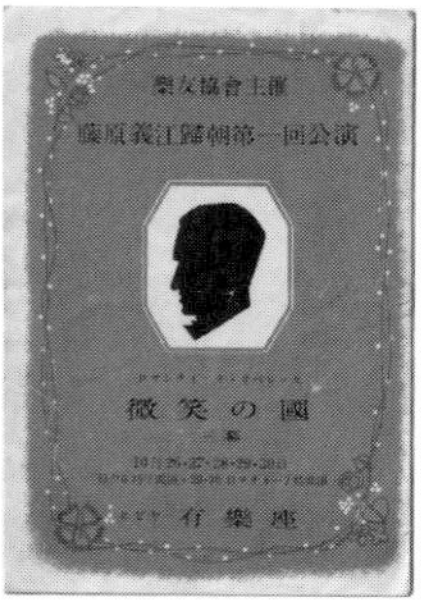

藤原義江　公演プログラム

靖国神社の傍らを通る途が選ばれるようだった。

二人は脱帽して最敬礼する事を決して欠かさなかった。

一口坂を降りると暗い道が続く。

「今夜も又、いい夜でした」そういった気持ちで優しい握手を交わすのが此の道での常だった。牛込北町の坂の中途に彼女の家がある。

★　★　★

自動車は感情の温床であった。そして今、計らずも車は厳島の対岸の宮島に向かって進んでいる。重い髪、重い着物、重い気持ちに此の日一日中悩まされた登紀子は、流石に車の隅で疲れた風に見えた。亭は思いやり深い眸を向けた。

二十分ばかりで車は宮島の桟橋に着いた。対岸のホテルからの迎えの艇は未だいなかった。

待合室を借りて二人は腰を下ろした。

十二夜の月が空に高くかかり、鏡の様な内海の金波、銀波を作っていた。

厳島の宮居、大鳥居の方向に月光の金波の太い線が書かれて左右から押し寄せる波に揺られてキラキラ光っていた。

厳島は黒い蔭の中に全貌を浮かせて神秘な色をたたえていた。

月光に照らされた石の桟橋を二人は往復した。二人とも一言も話さなかった。潮風が吹いて登紀子の裾を乱した。

「寒くない？」

亨が口を開いた。

「大丈夫です」

彼女はショールの褄を合わせた。

亨は黙ったまま彼女を放任して、彼女自身の感慨にゆだねるのを此の際の正当と考えた。

この宵、家を出る際、怱忙《そうぼう》の中に、母から渡された東京の社の親しい同僚の手紙を彼は出して拡げた。

待合室の暗い電燈の下で彼は立ったままで読みながら、同僚（カメラード）の愛のいかに深いかに打たれた。多くのお祝いの手紙を貰いながら、本当に心に触れてくれたものは唯の一つだけだと言えた。

一九三〇年代の若いひとたちの心持はその年代の人でなければ理解できない。同じ教養を持ち、同じ時代の流れの中でもまれた人々の間には深い共感（ジュムパティエ）が芽生える。彼はこの友の中に厚い理解を見出して胸が暖かくなるのを覚えた。

彼は傍らの新しい妻に聞かせて共に喜ばせるように静かに声を出して読み始めた。登紀子は頭を垂れて聞いていた。時に彼の眼を覗き込むように澄んだ視線を向けた。

「・・・親愛なる君が、僕の信頼する君が、君の信頼に値する女性を此の世の中で見出したという事、その人と一生を共にする確信を獲たという事は僕を喜ばせた。その意味で僕は君が羨ましい、と同時に、大勢集まって祝杯を挙げて、わあわあ騒ぐには当たらないが、僕一人で何となく人間の幸福というものをしみじみと喜びたい気持ちで今宵はしんみりしています・・・」

彼は聲を出すのを止めた。

「人間の幸福」文学者はいい言葉を送ってくれた。

暗い島影から一隻の自動艇が姿を現した。艇は、美しい波の間を縫ってこちらに向かって急速度で駆って来た。波の調和ある振動が破れて、光の波の間に一條の黒い線が引かれた。登紀子は待合室の椅子から立ち上がると、亨と肩を並べて艇を眺めた。

やがて、艫《とも》にホテルの旗が見えるほど艇は近付いて来た。エンジンが止まった。

了

十四年十一月、結婚後二か月の利の手紙

時々、或る時代に於ける生活の記録を残しておきたいと思ふことがあります。学生時代には日記帳に書き留めたり、あるいはクラス雑誌に投じたりして時々の考えを述べたものでした。所が軍隊生活のようなあまりにも多忙な繁雑な生活の中に投げ込まれると生活に追はれることが多くて、とてもそれを反省し、整理することなどはできません。時々の思ひの断片は手紙（それも百合子へのそれが最も多くを占めています）の中に残るばかりで少し寂しくなります。軍隊生活は余りにも多くの感銘すべき事項を含んでいます。之をこの儘忘れ、将来に対して捨てて了ふのは惜しい、こう思います。兵営での砲兵生徒隊を少しお知らせしませうか、

今日は「馬」を述べませう。

砲兵隊における馬は非常に重要な役割を持っている。二噸《トン》もある砲車を移動させるのは輓馬《ばんば》（ばんば：車や橇を引かせる馬）による他手段がない。ここで我々が馬を大切にし、之を可愛がることは想像に余るものがある。砲車は六頭（三軿《サンペイ》）で之を引く。前馬、中馬、後馬とに分かれる。馭者の乗る方が服馬、その右側で手綱のみによって引かれるのが驂馬《サンバ》で

ある。服馬はそれ故、非常に強くなければならない。所でこの六頭の組み合わせが実に興味深いのである。野球の九名のチーム編成と同様に誰を前に、だれを後にしようかと考えるのが司令官の頭の捻りどころである。広島の輓馬には非常にロマンティックな名称が付けられていた。百合子には未だ馬の味等解らないだろうが、言ってみると僕のいた第一班の輓馬編成は

戦野《せんや》　玉磯《たまいそ》　武宮《たけみや》
戦藤《せんふじ》　厚身《あつみ》　天橋《てんはし》

どれを見ても相当凝った名前である。天橋、武宮なんてのは名後馬だったが、実にりっぱな名前だと、未だに感心している。この六頭とも、皆戦地に行った。今頃は飼料も乏しく、痩せている事だらふ。中隊一の後馬は文星、天路だった。之も余程頭の良い人が名付け親だったのだらふ。但し、中隊の馬はその名の如く少々繊細に過ぎた。生徒隊の馬はこれに反して、いずれを見ても小山の如く大きく肥厚している。皆おっとりとして決して蹴らない。悠然と構えている小熊のやうな奴はない。僕が手入れ担当者となっている信武、信羊の両後馬など、地味なその名の如く不体裁な馬だが、実に落ち着いた、いい、可愛い馬だ。尻の方に回って掃除してもちっとも恐くない。顔をこすりつけて可愛がってやる。鬣《たてがみ》は恐ろしく房々として櫛《くしけず》るのも大変だ。黒いこの両馬がいつも驚いたようなつぶらな

眼で彼らの手入れする自分を眺めているのが又いいものだ。鬣は人間の髪と性質が似ている。太い木櫛で今日櫛りながら、僕は人の髪を憶ひ出した。どう考へたかわかる人には解るだらふ。

小山のように大きく一旦怒り出すと手の付けようがなくなる秋高、飼付け時に大暴れする鶴島、もっさりした釧吉、どれも皆その名を見ると、その馬が憶ひに浮かぶ。不思議なものだ。うっかりして尻尾で顔をはたかれたり、足を踏まれて爪をはがしたり、後ろ足で蹴られたりするとその当座はとても恐ろしいが、やがてまた、慣れて何ともなくなる。

★　★　★

次第に慌ただしい日々が過ぎてもう、十一月も半ば、昨夜お手紙を受け取りました。とても嬉しかった。一つはいつものとほり、もう一つは心に掛けていたお母様のことがなんとなく順調のようで嬉しかったのです。僕が六年前、盲腸を切開して入院したあの部屋だらふと思ふ。飛んで行って手を取ってお慰めしたい衝動に駆られます。僕が母に可愛がられたように百合子は母に充分孝養を尽くしてください。之だけはくれぐれもお願いします。

（中略）

所で正月休みはどうしませう。
二十八日　熱海泊
二十九日湯河原泊
といふ風に九月にできなかった新婚旅行を此度に致しませう。
お正月は牛込で（お父様の喪で駄目かしら）いたしませうか。帝国ホテルへ泊まってみるのもよかろう、かふいふ甘いことを考えながら、僕は不図、百合子を妻だと考えたことが今まであるだろうかと気が付いた。妻というものは夫の半身、その半身が相寄り、相助けて初めて体を成すもの、心の最後の落着き場所というべきものである。僕の今迄の拠り所は父であり、あるいは母であった。そうして今は半ばが父母であり半ばが百合子にかかっている、百合子の場合は僕に幾パーセント懸かっているだらふか。二人が常の夫婦のように常時一つ家に住み、一つ飯を食っていたのなら互いは互いに百パーセント頼っているのだらうが、僕達の場合はいまだに恋人同志のようなもので妻とも夫とも言い難いし、考へ難いものがあるのでもあらふ。
妻、妻、山本百合子、之に僕の総てが寄り懸ってゆくと考えた事がまだ無いのだ。ただ愛する事の極限をのみ考へその道を歩いているばかり。あなたにとっても、僕自身にとっても、相当無責任な話だと我乍ら驚いている。愛といふ形而上的なものが先に来て、生活といふ切実なものが等閑に附されているのだし、その生活は不自然に引き離され、常態に入ってはいないのだから致し方ないでせう。

とにかく、母にも相談して正月休暇のプランに大蔵省の承諾【注】を得て下さい。

ではご機嫌よう、時間だ。

【注】兵士の給料――現代の価値に換算すると、二等兵は月一万二千円、上等兵は二万円、利が後に昇格する少尉は十四万円、大将であっても、陸・海ともに百十万円だった。(昭和十八年ころ)

昭和十四年十一月　利は豊橋の予備士官学校に入校した。

『止まれる瞬間　続編』

十一月になると、候補生達は東海の海岸の町のある予備士官学校に分遣されることになった。亨は新しい妻を故郷の母の許に置くことにした。

学校は町のはずれにあった。十月の終わりの日、亨の連隊の候補生達は厳格な軍装に身を固めて豊橋駅から学校へ向かう埃深い道を粛々と歩いて行った。

この町は寂しい町であった。生産するものとては、生糸、鶏卵の他何もない様子であった。

学校の近くに数平方里にも及ぶ広い演習場が設けられていた。

候補生達は砲車を輓いてこの数キロの演習場を毎日演習に忙しかった。

十二月が近くなると秋の陽が薄らいで更に海からの強い風が広い野に吹き渡るようになった。埃っぽい赤土を含んだ風が毎日、候補生達の顔をなでて、彼らを苦しめた。

（中略）

亭は故里へ残した妻を忘れることが出来なかった。教練の合間でも、胸のポケットに忍ばせた登紀子の写真を出して眺めることがあった。

故里から優しい封筒でよく手紙が届いた。書簡掛の中隊の曹長も最初は、冷やかし加減で亭に渡してくれたものであったが、度重なると、愛情の真剣さに打たれたものか、陰に陽に便を計って一刻も早く亭の手に入るように努めてくれた。亭も妻の愛情に充分報いた。

★　★　★

亨は久し振りに肉親の兄にでも会ったような気がした。歩兵生徒隊の班室も砲兵と同様、整然としていた。亨は兵隊らしく岡本の小銃に手をかけ、遊底を抜いて、銃腔を陽にすかして見たりした。

「どうだ、綺麗だろう、俺たちの魂だからな」と、岡本は歩兵らしく、小さい乍《なが》ら、固まった身体で言った。そう言い合う彼等を見れば、一年間の鍛錬が彼等に齎《もたら》した兵隊らしさも満更でもない事が知られた。一、は歩、二、は砲兵、と分かれて国の鎮めに任じている二人の青年達が昨年迄《まで》、銀座通りを軽く歩いていた新聞記者と誰にしれよう。昨年の暮、亨が入営前、陸軍省の情報部に在任中の御礼言上に行った時、主任の中佐から次の様な言葉を貰《もら》った。

「あんた達は今年から二か年間、がっちり鍛えられる。堂々学校に入校して立派な士官に育成する方針である。あんたのように、大学を出て、こうして国家の第一線で働いていた人がさらに一か年間軍隊生活の洗礼を受けて、国軍の中枢になってくれるという事は、何と言っても心強いことだ。あんた達新しい型の将校に陸軍が期待する所は決して少ではない。しっかりやってくださいよ」

温顔の中佐は眼鏡の下からジッと亨を眺めた。陸軍軍政の（軍の意向の発表機関たる）枢機に参与して働いている此の最前線の中堅将校の言葉は亨を励ました。士官学校出の人々には、この人々の使命がある。将来の国軍を背負って立ち、国防の第一線を固める主要なる役割は彼らに依って演ぜられる。之《これ》らの人々は軍の中に育ち、軍を命とする人々である。山田や岡本のように、大学を出て二年間の訓練の後、国軍の下候幹部として援用せられる人々は之と趣を異にする。彼等は、その生育過程に於いて軍の中を通ってきていない。彼等の従来のイデオロギーを以て軍の中に新しく住み込み、その幾分の改変を迫られ乍ら同じ日本人としての報国の道を辿《たど》っている人々が之である。

★　★　★

岡本は日曜のみ許された寝台上に横たわる権利を行使してごろりと転び乍ら言った。

「この前の休暇に東京へ行ったよ。同盟の人々にも会って来た。皆、相変わらず元気で働いている。同僚の大村は、今度南支へ行ったそうで残念乍ら会えなかった。俺達の留守中に彼も到頭第一線記者にのし上がったんだな、「××日、広東《カントン》にて、大村特派員発」という記事にもいつかお目にかかれるわけだ。彼を祝福しようか？」

「それでね、こういう場合、僕は一応彼を羨ましいと思うんだ。自己の職業の中で次第に頭角を現してゆく彼のような人に何だか置き去られてゆく思いがするのかな。だが、反対に、彼の立場になって考えてみると、一概にはそう言えまいと思うんだ」

岡本は軽くうなずいた。手箱の中から彼は非合法にとっておいた酒保の蜜柑を取り出して山田に推めた。

「いつか大村が手紙をくれた事があるんだが、その中で『君等のいない間に月給が十五円（現在の価値に換算すると、三万円）も上がり、誠に済まないと思う。但し、どの属する会へ出てみても若い者達の半は軍隊に入って寂しくなっている。自分の痩腕が君達に恥ずかしいと思うことが何度あったか知れない。まあ、許してくれ給え』と、そういう意味を含んでいたのだが、確かにそうだろうと思う。自分ひとり、戦の野から取り残されたとき、どういう気持ちがするだろうか、それを思えば我々は寧《やすんず》る幸いだな。国民の選良だと声高らかに叫んでいいのだからな」

「まあ、そういう事にはなるね」

二人は聲《こえ》を合わせて大きく笑った。

「確かに俺達は国民の中の最優秀分子だぜ、全くの所」

と、岡本の戦友の歩兵が隣で大きな声をあげた。

「幸い、暖かいし、少し外を歩いて集会所へでも行こうか？」

二人は、肩を並べて枯れた並木の下を歩いた。桜の蕾はまだ固い。それが柔らかになる迄、兵隊達の寒さとの苦闘は続く。思えば、此の二人はよく肩を並べて歩いた。岡本の家に近い神宮外苑は殊の外、二人の愛した場所であり、よく同じベンチに腰を落として、池に遊ぶ水鳥を眺め乍ら、社会を語り、文学を、恋を論じたものであった。

「真面目に聞いてもらいたい事があるんだが、之をまあ見てくれないか?」岡本が言った。黒いハイカラなシガレットケースが示された。その裏側にM・M・Mと刻んであった。

「【MAMORU、MISAKO、MUTIG】と読むんだ。わかるか、みさ子だよ」

それは二人の勤め先に近いレストランに働く娘の名であった。素直な可憐に美しい此の乙女は、会社の人々に愛され、昼食時の人気者となっていたから、それが岡本の恋人であろうとは、山田の思ってもみない事柄であった。

「それは、入営前から今迄ずっと変わりのない愛情かい?」

山田は、思いやり深く尋ねてみた。

「そうだ、ずっと昂まりこそすれ衰える事のなかった愛情だ。この一年余、二人は会える事は殆んどなかったにも拘わらず、ずっと愛し合い続けて来た。自分乍ら純な気持ちなんだ。もし、俺が係累のない独りの身なら、当然結婚すべきコースをとるべきものなんだ」

山田は何となく胸のふさがる思いに打たれた。彼が兄の様に思って来た此の一高出の法学士が真面目に恋に憑かれている。之は厳粛な事実だ。彼は事態を正視することに務めた。岡本はみさ子の家庭を語り、女学校中退の経緯を述べた。彼の語るみさ子は非の打ちどころのない善良な娘だった。そして、岡本の如き純一な気持ちの昂揚は、確かに結婚に迄進んでいいもののように山田にも思われた。だが、一つ考えなければならぬ問題が岡本の近くに横たわっている。

「僕のつまらない経験から言ってもだね」、山田は彼の肩を軽打しながら始めた。「この目下の生活の特異性を常に第一に考えなきゃならんと思うんだよ。君の思慕は余りにも厚く、その愛情は確かに純一で尊いものだ。それは充分わかる、だけれど、それは果たしてノルマルなものかどうか、一度よく考えなきゃならぬ問題だよ。入営前の同盟通信社記者、岡本護と、歩兵伍長、岡本護と少なからぬ違いがあるんだぞ。兵隊の恋は、率直まともだ、深刻だ、それは他に愛情の生活を持たないからだ。だから一つの愛情を認めたならば、それに向かって一目散に駆ってゆく。そういう危険性を常に充分に持っているんだ。僕の場合はその対象が幸い婚約者であり、そのゴールインは結婚によって容易に行われたけれども、君の場合は果たしてどうなるだろう。このアブノルマルを充分考えに入れてくれ給えよ」

「それはそうかも知れぬ。確かに溺れる者は藁をも掴むというからね。だけど、俺が溺れる者とは、情けない話になったものだね。俺は此の事を母に言ったんだ。母はなんとも答えてくれなかった。母は従来の俺の第一の目的だった。母は俺にとって絶対だ。だから、その意に逆いてまで我意を通す気持ちは今の俺には全然無い。まあ、どうなるかわからないのだ。統てを何者かに委すつもりだ」

亨には、この友の専一なる愛情の指向が解りすぎる程よくわかった。生涯の中で岡本が此の一年間にみさ子を愛した気持位美しい専一なものが、果たして獲られるであろうか、確かにそれは疑問である。そうした意味で此の恋愛を一概に棄てる気にはどうしてもなれなかった、との真摯さに頭を下げる気持ちが残るばかりだった。

「君が君のお母さんを目的だ、絶対だといったのは、君にして意外でもあったし、僕は我が意を獲たる喜びを感じもした。君はどういう意味で絶対だと言ったのかなア」

「それは困ったな。こういう絶対感には説明は不要なものだと思うよ。まあ、二十数年末の自分の温床の神様だからとでもいうより他ないだろうね。理由は勿論、考えればいくらも附くけど、理由なんてものは余り考えない方がいいようだ」

「全然、御同様かな」

亨も嬉しくなった。日曜の休み時間も残り少なになって、生徒たちの姿も傍から次第に消えて行った。

「いいか、のんびり暮らすんだよ、又、会おう」

二人は肩を叩き合って別れた。

母を尚ぶ護の気持ちにも彼は充分納得出来た。父母兄弟四人の家族に於いて一人の弟は先立って出征し、現在家族の中心となっている彼の立場から一層そういう事が言えた。己は自分一個の己ではない。成長に導いてくれた母胎＝家を忘れてはならないのだ。

亨は岡本と別れて自分の中隊に帰った。

今日は尊い人の心に触れた喜ばしい日だ。彼は漠然とした高なる喜びに胸が躍るのであった。

『愛情錯綜』

二月のある日、寒い一日の演習に疲れた亨を喜ばせる手紙と小包が届いた。

写真だ！　亨は家に家族の写真を要求してから一か月ばかり過ぎて出来て来たのであった。

祖母、父、母、弟、妻と、女性列は祖母を中心に左は母、右に妻が座っていた。後列に、父と弟が立っていた。

「此の写真のご入用について、広島で皆、考えてみたのですが、何か、之を胸に懐いて直ちに出征とでもいうような事がおこったのですか、それとも・・・」

母の手紙は、心配そうにそう告げていた。

亨は此の母に素直に写真要求の理由と愛情の変化を告げる決心をした。何事によらず誠心誠意、意中を披露して互いに底意なき迄に脳奥を割ってみせればそこに何らの確執も起こる筈はない。亨としては、二十数年来の長のお蔭を蒙った母に愛情の改変を告げることは身を切られるより辛かったが、それでも、結婚に由り、社会的必然に目隠ししたまま通り過ごしていくことは良心が赦さなかった。

「だが、待てよ、一応の気持ちを明に相談してみよう」

亨は東京の大学に行っている弟の明を思い出した。之迄二人は全然同様のコースを通って来た。小学校――中学校――高校――大学と、専攻科は違うが同じ社会学に身を没頭している二人だ。亨は明に
「よくも二人、同じ考え方をし、同じ行動をする人間が出来たものだ。山田家も之では少し、困るね」と、言ったことがある。明は
「いや、それはですね、例えば小学校、中学校、高等学校まで、兄さんのお古の服を着て、

お古の教科書の方が都合がよいから之を使い、それから、大学に行くようになっても、兄さんと同じ下宿へ入れ替わりに入ったせいでしょう。同じ、着物、同じ枕、同じスタンド、本箱――おまけに中の書物さえ、『これを読むがいいぜ』といって大部分残されてるでしょう、だから、兄さんと同じ型の人間が出来るのも仕方がないと思うのですよ、尤も、長い間の感化の故か、兄さんと同型の人間になるのが一番いい方法だとさえ思うようになりましたがね。然し、之は困った事には違いありません」

亨は兄として学問的に全然未知の世界をきり拓いては、弟に譲り渡してゆくという仕事をしたと思っている。弟も兄の言によく従い、兄の成果を踏み台にして更に一歩の高さを目指している。この協力は又とない美しいものである。

★　★　★

亨は先ず、母に書いた。

「御写真有難うございました。皆さん、殊にお祖母さんのお元気は、僕を喜ばせました。実は、写真は歩兵の岡本君の所へ行った時、岡本君の手箱の奥へ家の人の写真が貼り付けてあったのを見て、『之はいい考えだ、こうして毎日、家の人に会っていればいいわけだ』

と、考えたからでした。驚かせしてご免なさい」

筆を改めると彼は弟への長い骨の折れる手紙を認め始めた。

「明よ

今日は明にとって決して快適でない手紙を書く。

明もすでに大学生だ、心鎮かに聞いてくれ、いいな、もう、兄から弟への一種の威圧的な意味は全く無いんだ。亭という人格が明という人格に対して叫ぶんだ。ゆっくり言う。

先日、歩兵の岡本君のところへ行った。自習室の机の上に弟さんの写真がそなえてあるんだ。慶應の制服で弟さんはいかにも伸び伸びと写っている。僕はハッとしたんだ、何故だかわかるかしら、

以前の僕なら確かに明の写真（ポートレイト）を飾ったと思うんだ。所が僕が目下所持している唯一の写真はお察しがつくだろう、「登紀子」のそれのみだ。

それでハッとしたんだ。僕はいつの間にか、相当強い愛情の変化を自ら行ったらしい、それに今更ながら気づいたんだ。悲しかった。

父母や明に対して済まない気持ちで一杯になったんだ。その対策はどうしたらよかろう、

最も安易に、岡本君の真似して僕も祖母、父、母、弟、妻の写真を要求する事になった。之が目下の低劣なる方法だ。こういう方法の卑劣さも充分気付いているつもりだ。そんな事なら、俺は撮るんじゃなかったと、明、すねるかも知れん、まあ、兄貴の我儘を許せ。その写真が今日届いた。嬉しかった。

「愛情の均分」僕は此の一葉にそう名付けた。之で愛情均分の下地が揃ったわけだ。之からの形式に従って内容的にも配分をはかるわけだ。明も傍から助力してくれ。

妻の登紀子だが、彼女もいい女性だ。「明さんたら、お歳が私より多いのに、お姉さま、お姉さまって仰るのよ」とこの間言って笑ってたっけ。明も「姉さん」と言ってくれて有難う。僕のいない間、やっぱり彼女も寂しいと思うんだ。宜しく可愛がってやってくれ。

それから東大の社会学学者さん、僕たちの結婚に関し、又、僕の先刻の愛情の問題に関し、少なからぬ意見があるでしょう、その一端を拝聴出来れば幸甚。

僕は全然怒らぬ自信がある。心に思うままを率直に言ってくれよ。

脳に溜まった滓《かす》を吐き出して了《しま》ったようで、さっぱりした。

いい気持ちだ。返信を待つ

亨」

半月ばかり過ぎて、半ば諦めた亨の許へ、切手二枚貼った明の手紙が届いた。亨は嬉しかった。

（明の手紙）

「お手紙、戴きました。返事が遅れて悪かったと思います。書いては破り、破っては書きで、やっと之だけのものになりました。仰ったように、兄、姉に対して、平常、意識、無意識に拘わらず感じていることを真面目に書いてみましょう。

二十歳半だった四人だった家族の中へ姉が一人偶然にも入ってきました。――偶然ではないかもしれません。然し、血の繋がった四人のこの家族の中へは誰が入ってきたとしても、従来の家族程の必然性はないと思います。僕にはこの姉に対する心構えが未だ充分に出来ているとは思われません。父母兄に対するそれは生まれた時以来のものです。之以上安定した確乎たる気持ちはありますまい。

姉――嫂《あによめ》という字が嫌なので之を使います。――兄を愛している妻――に僕はどういう心の地位を与えたらよいのか、「兄の妻」それだけでよいのではないかとも考えられます。それが良いのかも知れません。然《しか》し、兄を通して考えず、直接に彼女に対する心構えを欲しいと思います。

この点では「妻」という確乎たる心を持つ兄さんの方が、余程、心の持ち方の点で容易いと思います。

とにかく兄さんは家族の只、息子、兄という地位の他に夫という一番大切な地位を得られました。僕の兄さんというより他に——というより、と共に、——妻の夫となりました。之は弟としては、兄を誰かに捕られたという気持ちになります。

父母にしても同じだと思います。それだからとて、結婚を忌むのではありません。結婚を認め、共に大いに喜んでいます。

それ以外に、こんな気持ちの起きる所に割り切れぬものがあると思います。

結局、結婚によって、兄さんに対して或る種の遠避が出来たと思います。卑近な例をとれば、家に帰って来た兄と一寸話をして直ぐ僕が邪魔にならないように気を遣う、些か気を遣いすぎるかも知れません。然し、之はどう考えても大きな相違です。結婚以前には、僕は兄さんと話をしながら誰にも遠慮をしなかったし、邪魔をしてるんじゃないかなんて事は絶対考えませんでした。之だけでも余程大きな違った関係に立ったと思います。

僕は僕の立場に立っています。独りよがりかも知れません。しかし、相変わらず僕の立場からのみ見て行きます。

之迄の僕は、誰かに頼ってばかり生きていました。小さいときは父母に、そして少し大きくなっては兄さんに。そして、この頼りは最近まで続きました。

今やっと僕は自分一人に頼って生きる事を知りました。初めは苦しい事だと思いました。然し、人間一人が自分に頼って生きること——その方が立前でしょう——は最もよいことです。

弟 朗と利

兄さんの言動には昔から僕は只従ったと思います。之だけで言えば、頭が上がらないのです。そして、生活力の旺盛さを兄さんに感じます。どの手紙にも兄さんのそういうものを主張する大きな意欲に充ちているといつでも考えます。

僕は兄さん達が将来どんな計画でどんな生活をなさるか知りません。然し、ともかく、最も近代的な香りある生活だと感じます。

兄さんは昔から「家族の殻を抜けたい」とよく言っていました。その生活を実行する人だと思います。そして、お二人には出来そうです。

僕は実は兄、姉共にあまり多く近代的なものを持ち過ぎたのではないかと心配しています。

「今の儘《まま》ではいけない」という賞賛すべき向上心と、足元を見ずに前へ、前へと進む危なっかしい早駆とその両方があるのではないでしょうか。

僕としては、家族は、結婚は、結び付き、子供ができるということのある以上、それは祖先から子孫への大きな繋がりだと思います。かかる繋がりである以上それは伝統的なものだ、寧《むし》ろ伝統的でなくてはならぬものではないでしょうか。

もう一度、前の話を繰り返します。妻は夫に頼らなければ生きてゆけません。——もっとも、兄さん達には此の依頼の関係なんかはなしで、対等のものでしょう。若《も》しくは男女の性別を除いて強い方が乗り出し、劣った方がそれに頼る—— それと同時に親も子に頼らなければ生きて行かれません。この順番も考えて欲しいと思います。

変な事を書いて、変なところに持って来ました。論理に一貫しないところがあるかも知れません。ただ兄さんの早駆に苦言を呈した次第。僕の真面目な事だけは知ってほしいと思います。

兄さんもお懐かしいであろう大通りの銀杏も全く黄ばんで了い、近頃は落ちる奴さへ見えて来ました。秋の深さを教えてくれます。

燈火親しむべき候、笠の欠けた兄さん時代からのスタンドに僕も親しむこと二年になりました。じっと燈の下に座っていると、読む歓びから、生きる喜び迄湧いてくる事があります。今の兄さんに之を言っちゃ悪いかな、

ご機嫌宜しう　明」

亨は翌日から三泊の行事に出かけなければならなかった。その準備の多忙の中に彼は明の手紙を二、三度読み返して、会心の笑みをもらした。彼は引き出しから葉書を出すと、荒い字で書き始めた。

「明の手紙は僕を喜ばせた。それは第一に明が大人になったという事だ。物の観方を身につけて来たという事だ。やっぱり大学は有難いものだ。僕は明日から三泊行事で多忙。要点のみ言う。

①手紙の前段には全く賛成、だが僕の目下の特殊生活を忘れてはいかんよ。

②後段の盲目的早駆の件には、不賛成、僕も「家族の殻から抜けたい」と思ったり、言ったりしたこともあった。然しそれは、独り身の場合の揚言で、結婚に足を踏み込んだ者の言える事じゃない。

それに、僕たちの結婚形式は、旧来の家族制度の産物意外の何物でもないのだ。それを考えて決して案ずるには及ばない。僕は甘んじて伝統の殻の中に籠るだけだよ。（家族に

対してはね）じゃ、行ってきます。しっかり勉強なさい。
亨」

亨は翌日の行軍の馬の上で静かに考えていた。問題は提出せられた。当事者は五人。亨と明とだけは、了解済だ。残りの人々に之を気付かせ、巧く之を導かなければならない。先ずは本人の登紀子が第一だ。辺りの畠には大根が白い頭を出して綺麗に並んでいた。道々彼は文案を考えた。

十二月末から新年へかけて、数日の休暇があった。

亨はあらゆる手段を利用して最も早く、郷里へ着く事を考えた。その結果、広島に着いたのは、午前四時だった。電話をかけると女中と同時に母が出た。

「亨は今、広島駅に着きました。直ぐに車で帰りますから、門を開いて待っていてください」

「大変ね、寒いでしょう」

母の声が電話口で震えていた。

家に着くと、母が寝着姿に羽織をひっかけて玄関口へ跳び出して来た。

「寒かったでしょう、大変でしょう、直ぐお上がりなさい」

銃剣をほどいたり、外套を脱したりする暇さえなく、上の間の炬燵に入れられた。

「おお、帰ったか、元気そうで何よりだ」

父が眠そうな顔をして出てきた。

「お帰んなさい」

弟が来た。最後に、普段着に着替え、髪をなでつけたらしく、身なりをつくろった登紀子がやって来た。

「お帰り遊ばせ」

亨は家の暖かい愛情の中にあって、その愛情の表出形式の多様性について朧げ乍ら考えていた。

「之で数日、山田家の愛情の中に溺れていることが出来る」

亨は帰省しても之を第一に嬉しく思った。

一家の間に、軍隊の事、学校の事、広島での変わった事、などが暫く語り交わされた。

一眠りして起きると、亨は登紀子の部屋に入って二人膝を並べて座った。

「写真帳、貼ったかい？」

亨は二人だけで部屋にぼんやりしている喜びに浸された。

了

以上、結婚式の様子を描いた小説「止まれる時間」、士官候補生試験に合格して、豊橋市の予備士官学校在学中に書いた「止まれる時間　続編」と、家族への愛の位置付けに悩む「愛情錯綜」を記した。結婚してから、ふたたび新妻を広島の実家に置いて、豊橋の士官学校で書いたものである。ある意味エリート教育の場なので、初めて入隊した時の様に、がんじがらめで、上官の命令に絶対服従、鉄拳制裁などからは解放されていたらしく、考える時間は増えていたのだろうと思われる。

これら三篇を通してみて、利は、女性に対してだけでなく、弟＝目下の人に対しても、「偉そうげ」（これは、広島弁であるが、他に、適当な言葉が見当たらない）で、エリート意識を隠そうともしない。友人の岡本が恋人よりも母親を選択するという話に及んでは、感動する彼の感性にはとうていついて行けない。弟が、よくまあ、この兄に逆らわず生きてきたものだと驚く。弟の眼から見ると、兄夫婦は、対等、平等な関係を標榜しているようなのだが、現代の私から見ると対等とはほど遠い。利の中では、無意識ではあるだろうが、女性は（劣っているから）教育してやらねばならないと思っているので、いつも、庇護者のような口ぶりになるのだろう。

豊橋の予備士官学校を卒業した後、久留米市西部第五十一部隊楠隊にて、見習士官を務めることになるのだが、少尉になってからは、家から通うことも許されるらしく、久留米で家探しをする様子などが互いの手紙に記される。が、婚約時代ほど多くの手紙は残っていない。やがて、太平洋戦争が始まり、ひと月後に、ビルマへ行くことになる。開戦時に彼がどのようなことを感じたのか、何を考えたのか、それこそを私は知りたい一心で、大量の手紙、小説を読み進めてきたのだが、そのような記述はどこにも見当たらなかった。

父が外地へ出たのは、昭和十七年、ビルマ方面だけだった。開戦後間もなく、日本軍はビルマ独立義勇軍の協力のもと、イギリス軍を急襲し、三月、首都ラングーンを陥落させたとあるが、十七年三月二六日にラングーン上陸とある利はその戦闘の中にいたのだろうか？　あるいは、ラングーン陥落後に上陸したのだろうか？

日本を出て四か月で、マラリアに罹患、退院後の数か月は、どのような仕事をしていたのか、まったくわからない。にもかかわらず、帰国した直後に、中尉に昇格しているのは、なにか、司令官としての功績をあげたのであろうか。

十八年三月九日に広島の宇品港へ帰り着き、十二日除隊になり、その後は、父山本実一の新聞社で編集部に入り、編集局長を務めたと、聞いている。

百合子と結婚して四年目にして、普通の結婚生活を二年ばかり、送ることが赦された。戦局が悪化するにつれ、二〇年三月十五日に再度応召となり、古巣の野砲兵五聯隊（五師団・広島）に配属された。

利が、ビルマで病を得た頃、内地では、妻百合子が第一子（邦子）を十七年五月に出産していた。また、同じ頃、弟朗も信子と結婚していた。十八年十二月に第二子（一隆）が誕生した。又、翌十九年二月には弟の所にも第一子（光子）が生まれた。

利の両親はもと、広島市平野町、京橋川沿いの別荘通りに住んでいた。昭和二〇年、戦局が悪化したため、七月に入り、広島市の中心部から五キロの広島県安芸郡府中村に小さな二階家を借りて、疎開した。両親と、彼の家族――妻、長女、長男、ばあやさん――と七人の所帯であった。

この七人の中に、私はまだいない。正確に言えば、母百合子の胎内に芽生えたところだった。父利は、私が母百合子の胎内に宿ったことを八月三日に母の口から聴いて、三日後に亡くなった。父が、姉、兄の事をもどう思っていたのか？　子煩悩だったのか？　可愛がっていたのか？　戸惑っていたのか？　なにもわからない。結婚前は、父も母も若かったから、父はすぐに子供を持つのは躊躇している様子が、手紙に書かれていた。生まれてみたら、可愛いものだと思っただろうか？　そうであってほしいが……

さて、物心ついたころ、もともと父はいなかったので、幼くして、親を亡くした人の喪失感の様なものは私にはなかった。ただ、どんな「おとうちゃま」だったか祖母や母に聞いてみることはあった。そんな時、

「優しい人だった。わけ隔てのない人だった。部下の人に慕われていた」の三点を決まって聞かされた。もう少し大きくなって、ビルマの話を聞くと、これまた、次のような、逸話を聞かされた。

「おとうちゃまはね、ビルマでマラリヤに罹り、軍隊に置き去りにされていたところを、現地の人に助けられ、そこが王族の家だったので、随分、手厚く看病され、ようやく元気になった時、（たいへんその家の人達に気に入られていたので）是非、家の娘の婿にと嘱望されたが、いやいや、『国に妻子がおりますけん』と（なぜかここは、広島弁で）、お断りしてようやく帰ってこられたのよ。」

父と母の没後にこうして、ふたりの手紙を読み、父の履歴書を点検してみて、あのビルマの不思議な話は、なんだったのかと思う。ラシオというビルマ第二の都市で、歴とした軍の病院

に入れてもらい、ひと月で退院し、無事に、普通に、軍の船で帰国を果たしているのである。

「ビルマで行き倒れていたところを王族に助けられた神話」は、どこから湧いて出たのだろう？母も、祖母も、作り話をするとも思えないので、もしかしたら、父、利本人の口から出た冗談だったのかもしれない。では、何のためにそんな冗談を？　疑問は尽きない。

ビルマと言えば、子供のころに見た映画『ビルマの竪琴』のイメージしか私にはなく、水島上等兵の姿を会ったことのない父に重ねていた。

第三章　大空襲と原爆

八月六日以前に、アメリカ空軍機が広島市を襲ったのは、昭和二〇年四月三〇日と、八月三日の二回のみだった。利は報道部所属なので、ある程度軍のことも、世間の暮らし向きも、住民の関心事も伝え聞くことが、多かったのではないだろうか。もちろん、大本営発表以外の記事を書くことはなかっただろうが。

米軍による日本本土への空襲というものが始まったのは、十八年四月十八日だった。それは空母から陸上爆撃機B25を発進させた奇襲攻撃で、東京に十三機来襲した。

やがてB29爆撃機による本格的な空襲が十九年十一月二四日に始まった。始めのうちは、飛行機工場、産業都市などを重点とする戦略爆撃であり、高高度から、主に、昼間におこなわれた。

翌二〇年になると、一月二七日には、繁華街の銀座、有楽町が空襲され五三〇人余りが亡くなった。二月十九日、第一目標の中島飛行機は爆撃せず、一一九機のB29が市街地を爆撃し、一六〇人が亡くなっている。軍需施設と見做される中島飛行機を爆破しなかった理由は不明【注】だが、そもそも、目的は、密集した住宅地で、多数の民間人の殺傷を狙ったのではないかともいわれている。

【注】NHK「映像の世紀バタフライエフェクト　関東大震災と東京大空襲」によれば、米軍機は当初、中島飛行機工場を狙ったが、当日、飛行場の上空で、秒速一〇〇mのジェット気流が発生したため、命中率はわずか七%だった。そのため、軍事施設をピンポイントで狙うのをあきらめ、町全体を焼夷弾で焼き尽くす作戦に切り替えたとのことだ。

そして、あの昭和二〇（一九四五）年三月十日、下町大空襲。

すでに米軍は、住宅が密集し、人口密度の高い市街地——深川区の北部、本所区、浅草区、日本橋区など——を焼夷地区一号に指定していた。

焼夷地区とは、まず、焼夷弾で焼き払う絨毯爆撃を行う作戦で、あまりに酷い殺戮《さつりく》の為、住民の戦争継続の意思を削ぐことを狙ったものだ。米軍は、春一番のような大風の吹く三月を待って、日本向けに開発した油脂焼夷弾で、焼き払い空襲を開始したのだ。

当日は、夜間、低高度から一六六五トンもの焼夷弾を、四か所に分けて投下。まず大型の五〇キロ焼夷弾で大火災を起こし、日本側の消火活動をマヒさせ、その後小型の油脂焼夷弾を火事の灯りを目印に投下したと言われる。大火により、風は風を呼び、火はますます燃え盛り、火災は油脂と共に燃えながら流れ、目標地域をはるかに超えて広がった。結果下町の大部分を焼き尽くし、罹災家屋は約二七万戸、罹災者は百万人を数えた。

空襲警報が遅れたこと、踏みとどまってバケツリレーなどで消火活動を強いられ、消火しきれず、逃げ遅れること多数。折からの強風で国民学校の校舎、地下室、公園などの避難場所も火災に見舞われたこと。川が縦横に走っていて安全な避難場所に到達することができなかったことなど、様々な要因が重なって、焼死、窒息死、水死、凍死などで、九万五千人もの民間人が亡くなった。

★　★　★　★　★

私は、昭和二一年一月生まれだが、二〇歳の秋、忘れられない思い出がある。

広島には、山本姓が多くて、クラスにはたいてい二、三人の山本さんがいたので、とても嫌だったのだが、フルネームで呼ばれていた。学校以外では、特に、近所では、祖父が中国新聞という広島市に本社を置く地方紙の社主であったため、もっと嫌だった「中国新聞の山本さん」と呼ばれ、さらにもっと悪いのは「中国新聞の山本の嬢ちゃん」とも呼ばれたことだった。なぜなら、私たち三姉弟は、「坊ちゃん」「嬢ちゃん」育ちでは、全くなかったからである。

疎開先の安芸郡府中町の小さな家から、同じ府中町の少し大きい農家へ移り住んでいた。利の弟、朗一家が八月十五日の敗戦をへて、帰郷したからであろう。彼は、千葉県木更津市の第二航空廠に配属されていたので、原爆を経験しなかったが、広島に帰るや否や、中国新聞社の再興に昼夜を分かたず、邁進した。

府中町の農家で、元はお蚕さんを飼っていたという二階の土間に畳を敷いて、朗の家族（叔父夫妻と長女、長男、次男）五人、一階の座敷に祖父母と姉、離れの納屋の様な小屋に母と兄と私の計十一人とばあやさんとで、肩を寄せ合って暮らしていた。

大人たちは忙しく、子供たちには構っていられなかったようで、子供たちは放任状態に置かれていた。あまりにうるさいからか、夕方になるとばあやさんが六人を引き連れて、近所の神社へ長時間の散歩に行った。食事も、大人と子供は別々で、ばあやさんが、沢庵をちぎったりお茶を注いだり、世話をしてくれていた。ばあやさんといっても、五十代か六十代だったのだろうが、随分お世話になったものだ。こうして、六人は、躾らしいものはほとんど受けず、幼少期を過ごした。

朗の長男一朗は私と二月ちがいの同い年で、二人は府中町に初めて建てられた「こばと幼稚園」に一年間、通った。上の姉兄たちは幼稚園へ通っていない。私たちは、第一期生だった。初めての学芸会で、一朗が「大国主命」、私が「因幡の白兎」という二大主役を「演じた」ところを見ると、やはり、中国新聞の「坊ちゃん」と「嬢ちゃん」だったから、特別待遇があったのかもしれない。私たちが小学校へ上がる年に、叔父一家は元住んでいた広島市平野町へ家を建てて移って行った。

幼い頃、実家の縁側に、広島、山口の政治家が、座って祖父と話をしている光景を何度か目にしたことがある。祖父は話し好きで聞き上手、だれとでも楽しそうに話をする人だった。政治家の彼等も、祖父と対話する時は、鎧を脱いでくつろいだ表情になっていた。家族思いのやさしい小父さんといった雰囲気を漂わせていた。

ごく自然に、私は政治に興味を持つ子供になっていて、六年生のころだったか、私も中国新聞に入りたいと祖父に「直訴」したことがあった。祖父はその頃腎臓をはじめさまざまな臓器の病を患っていて、脚がパンパンに腫れていた。私は夕食後、彼の足をもんだり、さすったりしながら、世間話を彼と交わしていた。祖父は翌年の秋に亡くなった。そんな親しい間柄でも、中々その要望は口にできなかった。

「お前が男だったらのう……」と、幾分残念そうだったが、却下されたものだ。

中国新聞に入るのは、あっさり諦めたのだが、小学校では、勝手に「壁新聞」を作ったり、大学では、新聞部に入ったりしていた。

慶應義塾大学の東洋創始・三田新聞学会というところだった。大学新聞とはいえ、週刊紙だったので、たいそう忙しい部活動だった。編集会議━取材━原稿書き━印刷（印刷所に夜通し詰めている事もしばしばだった）━校正━発行（水曜日）という一連の過程を一週間で繰り返していた。三年生になった時には、文芸部（四面）のデスクになっていた。

慶應義塾大学に入学した年、一九六四年十月に東京オリンピックが開幕した。なにも知らない私は、親戚からもらったチケットで閉会式を見学した。余談になるが、やはり、慶應大学の器械体操部に所属していた姉は、女子体操の金メダリスト、チャスラフスカ（チェコスロバキア）のお世話をして、握手をしてもらい、その右手を何日も洗えなかったというエピソードを持っている。さらに余談になるが、そのころの新聞部の学生はオリンピックに関してどのような感想を持っていたのか、東京オリンピックから一年半後の三田新聞（一九六六年五月四日号）から、一つのコラムを紹介したい。そのまた、五十七年後に東京オリンピック２０２０を経験した現代の私達から見て、なにかの参考になればと、テーマからは外れるが、紹介したい。

『またオリムピックだじょー』

一九七二年の冬季オリムピックは札幌で開催されることになった。『アア・オリムピック!』（まさにあらゆる意味での・・・）しかもこれは全く予想外の当選だそうだから、またいろいろと面白くなる気配十分である。

まず、何と言っても変な決まり方。IOC総会というのは貴族臭紛々としていて庶民にはおよそ関係ない雰囲気と聞いている。（中略）

それからこの種の行事には規模の大小を問わず付き物であるのが「まだ施設は極一部を除いてはほとんど完備しておらず、突貫工事でなければ間に合わないだろう」ということ。いくら規模が夏季大会の四分の一とはいえ、こりゃまた、土建屋さん儲かりまっせ。さあて誰が建設大臣になるかな。

ブル新（ブルジョワ新聞）の方は、泥仕合続きで少しも得にならなかった東京オリムピックに懲りて早々と策を練っているに違いない。でもどうせいきつくところは読者を馬鹿にした紙面作りだろうヨ。「酷鉄」（当時は日本国有鉄道＝国鉄）は山陽新幹線（64年東京オリンピック時は、東海道新幹線を新設した）か、青函トンネルかな。「遊政省」は記念切手。大蔵省はインフレ記念の一万円銀貨とか、てなことになるだろう。

ところで、一九七二年はいったいどんなことになっているだろうか。高度成長経済政策をとって日本資本主義を急激に堕させた池田首相は東京オリムピックを冥土の土産にしたが、さて、札幌オリムピックではいかに。

わかっているのは、同年の夏季大会がミュンヘンだから、その次はミルウォーキーだろうと、ビール会社勤務の友人が教えてくれた。

東京オリンピックの年に広島から大学に入学した「お上りさん」だった私には、初めて見る人種の坩堝のような閉会式会場で、競技を終えた解放感からか、自由気ままに楽しそうに踊り回る選手たちの姿が眩しく、世界はこうであってほしいと願いながら興奮して家路についたのだったが、このコラムを書いた先輩記者は、すでに当時でも「オリムピック」の負の部分を見ていたようで、興味深い。

一九六四年東京オリンピックは戦後復興を象徴するものとして評価は高い。しかしその裏で開期中の十月十六日に中国が初の核実験を行ったことはあまり知られていない。ＮＨＫ「映像の世紀バタフライエフェクト　朝鮮戦争」によれば核保有は毛沢東の悲願だったという。

ジャン＝ポール・サルトル講演会

昭和四一（一九六六）年九月のことである。私は、仏文学科の三年生になっていた。フランスの哲学者・作家ジャン＝ポール・サルトルとシモーヌ・ド・ボーヴォワールの両氏が来日した。九月十八日から一カ月もの長期滞在で、その間、慶應義塾大学と、日比谷公会堂とで講演を行ったのである。

三田新聞では、早速九月七日に「サルトル来日特集号」を出し、機運を盛り上げた。

慶應義塾大学三田キャンパスで学生達から歓迎を受けるサルトル氏。

九月二〇日、来日初の講演会が、三田五一八番階段教室で行われた。聴衆は九百人、(招待客三百人、塾生六百人)。

抽選にもれた塾生は、八つの教室で四千人が当時は珍しかったテレビ視聴したとある。(三田新聞一九六六年九月二八日号)

両氏は、講演会に先立って三田の図書館を訪れ、彼らの著作展を見学した。

両氏が、真っ先に慶應大学を訪れたのには理由がある。戦前に『嘔吐』を読み、その才能を高く評価した佐藤朔教授(後の塾長)、『嘔吐』の翻訳者である白井浩司教授、ボーヴォワールやフランソワーズ・サガンなどを翻訳した朝吹登水子氏と兄君である朝吹三吉教授等々錚々たるフランス文学者が揃っていたからだった。

図書館を出た両氏は、「ベトナム戦争反対」などのプラカードを持った塾生たちに熱烈に歓迎された。講演会場へ向かう途中も塾生の握手攻めに合い、笑って応じるサルトル氏の写真が懐かしい。

私は仏文科に在籍していたが、インタビューをする力など全くないため、三田新聞記者としての参加ではなく、幸運にも抽選に当たって五一八番教室に入ることができた。最前列で一言も聞き漏らすまいと昂った気持ちで、座っていた。

まず、ボーヴォワール氏は、「今日の女性問題」と題し、やや上気したおももちで、「女性の解放を実現させる状況は、社会主義体制である事」を強調した。

自由・平等・博愛を信条とする国であるのに、フランスで女性に参政権が与えられたのは、第二次大戦後だったそうだ。

サルトル氏は「知識人の位置」と題して、低い声で「日本の知識人は、フランスに於けると同様に、口先ばかりの反体制であると非難されているが、知識人にとって最も重要なことは、自分がその時代の証人であるという自覚をもつことである」と述べた。また、ブルジョア・ヒューマニズム批判、ベトナム戦争批判、先進国の繁栄の裏で二〇億の飢えた人々がいることが語られた。

ところで両氏は原爆ドーム保存のメッセージを伝えるためにこの後（十月十日）、広島を訪れる予定だったようだ。講演の後で、ある学生が、

「ことさらに原爆の悲惨を言いますが、東京だってたいへんな大空襲がありました。多くの人が亡くなったという点では同じようなものではないですか?」と質問した。

するとそれまでは冷静だったサルトルが、顔を真っ赤にして

「とんでもない。原爆は、大空襲とは全く違う!」

と声を荒げた。実際の言葉を正確に再現できないのは、残念なのだが、原爆は空襲とは次元の異なる絶対悪であるというような趣旨だったと思う。

その時のサルトルの怒りは、その場が凍り付くような激しさであったと記憶している。その怒りは、質問者に対してというより、核兵器を開発した人類全体に向けられたものではなかっただろうか。

原爆と原発

第二次大戦中、一九四二年、ナチス・ドイツの原子爆弾開発を知ったアメリカ、イギリス、

カナダは原子爆弾開発製造の為、科学者、技術者を総動員してマンハッタン計画を開始した。計画に参加した大学はシカゴ大学、カリフォルニア大学バークレイ校、カナダのモントリオール大学など多数。民間の大企業では、デュポン、ゼネラル・エレクトリック（GE）、ウェスティングハウス・エレクトリックなどが参画した。GEとウェスティングハウス社は戦後、原発を開発、建設した。

原爆の開発は、関与した科学者たちにも全体像は知らされないまま秘密裏に行われたが、一九四五年までに四個の原子爆弾を完成させた。①トリニティ実験で使用されたコードネーム『ガジェット』、②広島に投下された『リトルボーイ』、③長崎に投下された『ファットマン』、④もう一つは使用されなかったもの。

一九四五年七月十六日、人類初の核実験（トリニティ）を成功させたアメリカは、二〇日も経たないうちに、広島（八月六日）、長崎（八月九日）に投下。合計数十万人が犠牲になり、戦後の冷戦構造を生み出すきっかけになった。アメリカに続いて、ソ連も一九四九年水爆実験に成功。中華人民共和国も先に述べた様に、一九六四年の東京オリンピックの期間中に核実験を成功させた。その後も核保有国は増えていく。

ＮＰＴ（核拡散防止条約）に批准しているアメリカ合衆国、中華人民共和国、イギリス、フランス、ロシア連邦（ソビエト連邦からの継承）の五か国。そして非批准国のインド、パキスタン、朝鮮民主主義人民共和国、イスラエルの四か国。合わせて九か国である。核弾頭保有数は、二〇二二年推定で、一三〇〇〇発以上と言われる。その内の九割をアメリカとロシアが保有している。アメリカもロシアも六千発前後保有しているが、こんなに大量に持つ意味は、なにか？　一発持つだけでも危険なのに、一体、どこにどんな風に保管し、管理しているのだろうか。たくさん持っていることが抑止力になるという論理は破綻していないだろうか。

戦後、核兵器製造技術を元にアメリカが開発した原子力発電所はウランの核分裂（核連鎖）反応で出る熱を使って発電する機械である。ウランを核分裂させれば核分裂生成物（死の灰）が出ることは、核兵器と同じだから、その一点だけを考えてもとても「平和」とは程遠いものである。

原発の過酷事故を経験した現代の私たちには、はっきりとわかる。「原発は核の『平和利用』ではなく、（断水し停電もない平和時でないと使えない）『平和時利用』だ」と、原発を止めた裁判長・樋口英明は述べている。

アイゼンハワーは、一九五三年「原子力の平和利用」を国際連合総会で提唱した。その翌年「第五福竜丸事件」【注1】が起き、日本人の核アレルギーは高まるばかりだった。アメリカは日本の反米反核意識を封じるため、各地で「原子力平和利用博覧会」を開催し、三七万人もの来場者を集めた。その中でも被爆地広島の意識を変えることさえできれば、全国へ波及させるのは容易いと考えたのだろう。アメリカの意を受けた日本政府は、中曽根康弘と、彼の朋友正力松太郎が原子力発電推進の旗振り役になって、「読売新聞」で「原子力の平和利用」を大いに喧伝した。

一九五六年五月二七日からの三週間、ヒロシマ爆心地で「原子力平和利用博覧会」が開かれた。平和公園に建つ「原爆資料館」の展示物や資料を館外に移してまで強行した原子力発電普及促進のための博覧会だった。中国新聞は主催者だった。

私は当時十歳だった。私が十歳ということは、戦後十年ということだ。その博覧会へ小学校の先生に引率されて行ったのか、あるいは、家族のだれかに連れて行かれたのか記憶は定かではない。が、人気の「マジック・ハンド」の前のたいへんな人だかりは覚えている。私は常々、原爆の悲惨さを聞かされて育った。そのため、「原爆」という言葉を聞くだけでも自動的に耳を塞いでいた。ところが、大量殺人兵器が一転して「平和利用」されると聞いて、その発想に驚き、「平和」と「科学技術の粋」という言葉に、泣きたくなるほど感動した。

二〇一一年三月十一日の東日本大震災後の福島原発事故の実相を知るにつけ、真っ先に思い出したのは、「平和利用」という言葉に惑わされた子供のころの自分の愚かさだった。

当時、広島アメリカ文化センター館長だったアボル・ファズル・フツイ氏【注2】の手記を紹介する。

『ドレイの手と現代戦』（一九五六年六月七日中国新聞夕刊）

広島原子力平和利用博覧会でマジック・ハンドという機械が人気を集めている。作業者が手を動かすと、放射線の害を防ぐための厚い防護ガラスの窓越しに特殊鋼鉄製の細いテープ十本ばかりが神経の役目をして、手の動きを向こう側のカニのはさみのような形の両手に伝え、強い放射線を持つ危険な同位元素を入れた容器のフタを開けて中身を取り出したり、いろいろこまかい工作を人間の手とほとんど変わりがないくらいにやってのける。一種の遠隔操作だから、こちら側の安全地帯で作業員の手に握られる部分をマスター・ハンド（主人の手）、向かいの危険地帯で作業員の手の動きをそのままに動く部分をスレイブ・ハンド（ドレイの手）という。

このドレイの手の動きを見ていると、さまざまなことが思い浮かぶ。広島に落とされた原爆の組み立てもこのようなドレイの手が使われたことだろう。いま米・ソが公然とまたは秘密にやっている水爆実験にもこのようなドレイの手がたくさん使われていることだろう。放射性物質遠隔操作の機械は大小さまざまあるが、このマジック・ハンドはその代表的な型の一つだから、ソ連にもほとんどこれと同じ型のものがあるに違いない。ドレイの手は、日本で実験用原子炉を作るときも、必要だし、その原子炉で医学や農学や産業用の放射性同位元素を作り出すときもこれが必要である。

ドレイの手とはいかにもよく名付けた。ドレイの手自身は心をもたないから、主人の手の命ずるままに原・水爆もつくれば、放射性物質の平和利用の諸工作もする。ふしぎなことにこのように完全なドレイの手で作られた原爆や水爆が一度爆発すると人類の頭上に君臨し、人間の死をまき散らし、放射能雨や死の灰で地球を押し込んで、主人であるはずの人間どもを恐怖のどん底に突き落とすことである。人間は機械や物質を駆使し、それに対してほこらしくも「ドレイの手」と名付けたが、人間ははたして機械や物質を完全にドレイ化しているだろうか。

昔の戦争では直接に戦う者だけが殺傷され、非戦闘員と呼ばれる庶民大衆や女子供はときに流れ弾やとばっちりを受けることはあっても、その数は限られていた。これからの原・水爆戦ではどう考えても、戦う者自身より多数の庶民大衆、女子供が殺傷され、その上放射能の遺伝的悪影響で人類の末代までも奇形児が生まれたりする公算が大きい。

何度も言うことだ、原・水爆で殺さねばならぬほどの大悪人はこの世にはいない。原・水爆が公然とねらう目標は対立する社会の政治軍事機構の破壊であり、そのとばっちりが庶民、大衆である。自分たちの権力欲に目がくらんでこれほど世界の庶民、大衆を無視した凶悪な戦略手段はないということを、原・水爆をもつ国の政治家や軍事産業指導者や軍人はよくよく肝に銘じて考えるべきだ。天に唾するものこそ罰を受ける。

このフツイ氏のような意見が、一般の人々に受け入れられたのかもしれない。ただ細部を読むと、彼の複雑な心境を推しはかることもできる。

【注1】第五福竜丸事件――一九五四年、日本漁船がビキニ環礁でアメリカの水爆実験に遭遇した。乗組員二三名全員が被曝した事件。

【注2】アボル・ファズル・フツイについて――一九四五年、連合国最高司令官（ＳＣＡＰ）総司令部（ＧＨＱ）の民間情報局（Civil Information and Education Section）によりＣＩＥ図書館が日本各地に作られた。一九五一年九月八日、講和条約が調印された後、ＣＩＥ図書館は名称をアメリカ文化センター（American Cultural Center）に変更した。アボル・フツイは、一九五二年末から四年半、広島市に赴任した米外交官であり、ＡＣＣの館長を務めた。

彼は「原子力平和利用博覧会」の開催に向け、反核感情が強い広島での根回しに奔走したひとりでもあった。（二〇一五年五月四日　中国新聞）

この博覧会には、原爆資料館の一年間の来館者に相当する十一万人が訪れ、原子力エネルギーがもたらす明るい未来に歓声を上げた。（二〇一四年十月十八日　ＥＴＶ特集）

ところで、このフツイさんは、祖父母と親交があった。それもかなり近しいお付き合いで、ある時、祖母と母が食事のお招きを受けた。帰って来るなり、普段ほとんど興奮しない母が、「アメリカの方のお宅では、とっても簡単なお料理で人を呼べるのねえ」と感心したように言うのだった。興味津々で聞くと、メイン・メニューは、「牛肉と玉ねぎを炒めたものをバターライスの上に載せ、その上に生卵をのっけたもの」だそうだ。

以後、時々、わが家の食卓に登場することとなった。

戦後十年の時点においては、牛肉とバターと卵は、贅沢品だったかもしれないが、贅沢すぎる程ではなかった。

このメニューをわが家では「フッツイさん」と命名し、今日に到るまで、思い出しては作っている。

第四章　宍戸大尉との出会い

昭和二〇（一九四五）年に戻ろう。

さて、日本中の各都市を襲った空襲のニュースはそれほど大きく取り上げられるわけではなかったが、さすがに東京で途轍もない空襲があったようだという噂は、人々の口の端にのぼった。その後も大空襲は、阿佐ヶ谷、杉並、荻窪一帯の町々を次々と襲い、百合子の実家があった牛込の家も罹災したと聞いている。それまで、一度も空襲に合ったことのない広島の住民は、「いつか、どえらい空襲が来るんじゃないかのう」「何と言っても日本一の軍港宇品があるけえの」と、噂しあった。

広島市内の勤め人は、家族を郊外へ疎開させるものが増え、昼間の人口と夜間の人口との差は大きくなった。広島市内の居住者は一旦は減ったが、このところ、兵隊の増強が著しく、疎開した人口と入隊してくる兵隊の人口が再び、同じくらいになったのではないかとも言われている。

八月六日前後の広島市の陸軍部隊について、利と親交の深かった宍戸幸輔氏の「広島が滅んだ日　二七年目の真実」（読売新聞社）に詳しいので、この著書を参考に簡単に述べてみる。

十五（一九四〇）年七月に国土防衛を目途として、国内を東部・中部・西部・北部の四つに区分し、それぞれに軍管区が創設された。広島軍管区は、西部軍管区の隷下に入ることとなった。

十六年の開戦後は、「広島師団」より、第七〇師団を編成して外地戦線へ送り、その後、六四師団、一〇五師団、一二五師団の三師団を編成したうえで宇品港から外地戦線に送り出した。（総計八万人）

その後二〇年一月二〇日、大本営は「本土決戦」の作戦大綱を発表。

本土海岸線防衛のため、全国的には、新たに新設四五個師団と、他に多くの独立部隊が編成されることになった。

戦闘序列が下令され、全ての内地部隊が作戦部隊とされ、「広島師団」は、「広島市管区」とともに、「第十五方面司令部」および「中部軍管区司令部」の隷下に置かれることになり、「広島軍管区司令部」は、それから六か月の間に、次の六個兵団を新設せねばならなかった。

二〇年二月　第二〇五師団（安芸）

四月　第一四五師団（護州）

五月　第二三一師団（大国）

七月　第一五四師団（護路）

八月　第二二四師団（赤穂）

八月　独立混成第一二四旅団（鬼城）

このように毎月のように、中国軍管区司令部は、中国五県のあらゆる行政機関に協力を求め、兵士を集め回らなければならなくなった。一個師団は二万名なので、過去のものと合わせて十二師団で、総計二十四万人に上る召集兵が必要になったのである。兵を集める困難もさることながら、その一人一人の背後に家族があることに思いを致さねばならない。職場や家庭で中心的な人物をとられては、あとに残るのは、老人、女、子供、病弱者ばかりである。しかも、大黒柱が抜けた穴を彼ら留守家族が埋めなければならないのである。留守家族は、農業にも、工業生産にも、後には建物疎開の取り壊し作業にまで借り出された。

宍戸さんの本には触れられていないが、足りなくなった労働力は、朝鮮半島からの徴用工で賄っていた。

広島には、比治山の南側、皆実町に広島陸軍被服支廠があり、広大な土地に大規模な製造工場や倉庫が立ち並んでいるが、急遽、このようにして集められた兵たちに、軍服、軍帽、軍靴、小物、付属品などの装備品は充分にはいきわたらなかった。

広島でさえこうなのだから、全国においては、いかばかりであろう。工場はあっても、原材料も乏しく、工場での働き手も、兵役にとられて減るばかりであった。やむなく、退役軍人や、傷病兵の軍服（古着）まで集め回った。集められた血の付いた軍服は、被服支廠で多くの女学生の手で洗濯され、干されたという。

応召兵たちは、作業をするときは、上半身裸でやれと言われるとか、靴は脱いで、わらじで行えというような冗談とも思われるような状況だったという。

広島市南区出汐の広島陸軍被服支廠跡。「注意　危険ですから壁に近づかないでください」と張り紙がある。

二月から新設されたこれら六個師団の計十二万人が、いかに「本土決戦のための兵団」とはいえ、軍服も、軍靴も小銃も完全には支給されず、武器としては一般の住人と同じように竹やりを持つしか手立てがないのである。これらの兵団の大量流入で、兵舎や糧秣の手当てをする兵站部の仕事も容易ではないありさまである。山本利自身は、二三歳で召集され、二八歳で一旦除隊になったが、二〇年三月十五日に、再度、二度目の召集を受けている。二九歳は、若い方なのだ。

兵団を次々に新設しても、武器を持たせられないことに愕然としたのは、宍戸大尉である。参謀本部に詰めている将校や士官たちは、士官学校を出た生粋の軍人が多いが、宍戸大尉と山本中尉は、徴兵から士官になった同士であり、歳も一つ違いで、二度目の応召も同時期であること、外地でマラリヤに罹った経験まで、共通点が多く、彼がやってきた日に利はすぐに打ち解けて友人になった。

彼は、三月、家族を横浜に置いて広島にやってきた。新設予定の第一四五師団（護州）の兵器勤務隊長に着任早々、歩兵に小銃すら配給できないことを知らされて、愕然とした。いかにして一個分隊に何挺の小銃と何十発の小銃弾を渡すか、頭を悩ませることになった。

宍戸大尉は千田町に下宿して、自転車で通ってくる。山本利は、平野町時代は、従兵を連れて馬で師団司令部へ通っていたそうである。七月に府中町へ疎開してからは、当時、将校は営外居住だったから、ノーパンク・タイヤの自転車で通っていたようだ。

兵器部の隊長となった宍戸大尉は、兵器を工面しようと、中央の兵器本廠まで出向いてまで交渉を繰り返したが、「ないものはない」。全国四五個師団すべてで、同じ状況だという。それならばと、彼はとりあえず、円匙《えんぴ》（シャベル）、十字鍬（ツルハシ）、鉈《なた》など、武器になりそうなものを片っ端から、調達し始めた。

三月二九日、政府は本土決戦の為の「軍事特別措置法」を交付した。これと同時に十七、十八歳の召集制限を撤廃し、「防衛召集」、「一般召集」も随時行える「召集規則改正」も公布した。

第五章　戦時下のジャーナリズム

戦時下のジャーナリズムについて、利の小説から、わかったことがある。東京同盟通信社の政治部に一年弱勤務した山本利は、そこでも短期間に力を発揮したように自賛しているが、当時のメディアは、大本営の発表から外れたことは一切書くことはできなかったようだ。軍隊に入る前、（東京同盟通信社を辞める時）、陸軍省の情報部へ「お礼言上」に行ったところ、担当の中佐から「あんた達は今年から二か年間、がっちり鍛えられる。堂々学校に入校して立派な士官に育成する方針である。あんたのように、大学を出て、こうして国家の第一線で働いていた人がさらに一か年間軍隊生活の洗礼を受けて、国軍の中枢になってくれるという事は、何と言っても心強いことだ。あんた達新しい型の将校に陸軍が期待する所は決して少ではない。しっかりやってくださいよ。」と、激励を受けて、素直に喜んでいるのである。（利の小説「止まれる瞬間　続編」）

彼の父は広島に本社を置く中国新聞の二代目社主であったが、度々上京している。軍部との情報交換、関わりもあったのではないかと想像できる。戦時下のメディアは戦意昂揚の協力者であることがわかる。協力者というより、パートナーと言った方が良いかもしれない。利も「現下のメディアは『書入時』だから・・・」と書いている。

東京同盟通信社（略称『同盟』）とは

利が大学を卒業して、わずか十か月間だったが、就職した同盟通信社とは、どのようなものだったのだろうか。

一九三一年、満州事変を契機として、日本は自らの立場を世界へ訴え、国際理解を増進させる方針を選んだ。そこで、武器になるのが、世論を形成する新聞であるから、その新聞にニュースを提供する通信社が必要と判断した。

同盟通信社（略称『同盟』）は、昭和十一（一九三六）年、一月に公益を目的とする社団法人として発足した。

通信社は、情報を収集するが、自らは発信媒体（メディア）をもたず、新聞社や放送局にニュース記事、写真、映像を配信する組織である。法人の構成員である加盟新聞社が社費を負担した。これが同盟収入の中心だったが、政府から助成金も受けていた。こうした新聞社にニュースを提供する通信社はすでに明治初期に数多く登場していたが、この年、国内の通信社として『同盟』のみの『一社体制』がスタートした。国内には、東京本社と六支社、国外には中国・中華総社（南京）の許に三総社、アジアは南方総社（昭南＝シンガポール）の下に七支社があり、職員は国内外合わせて五五〇〇人だった。

活動は、加盟新聞社へ記事や写真を配信することや、ニュース映画作成など。日本軍占領地では、新聞を発行していた。日本に関するニュースと日本の主張を四か国語で毎日、短波無線により発信していた。また、連合国軍側の通信社電やラジオニュースなどの傍受も行った。ソ連の対日宣戦布告を伝えるロイター電もキャッチしていた。また、当時NHKが放送した海外ニュースはすべて同盟が発信した記事だった。

同盟の対外発信は世界に向けて伝えられた唯一の日本の声だった。連合軍は、日本政府の対外宣伝を担った『同盟』を敵視していた。

敗戦後、連合軍総司令部（GHQ）から海外向け外国語放送の業務停止命令、事前検閲を受けた。一九四五年十月三一日に解散。

通信社としての業務は翌十一月一日に発足した社団法人共同通信社と株式会社時事通信に引

き継がれた。
海外では米国のAP通信社、ニューヨークに本社を置くロイター、フランス通信社のAFP、ドイツ通信社DPA、ロシアのタス通信社などが知られている。

「大本営発表綴」が見つかった！

NHK番組『軍人スポークスマンの戦争　大本営発表の真実』によると、開戦から敗戦までの三年八か月分の発表文の原本が見つかったという。廣石権三中佐が焼却命令の出ていた「大本営発表綴」を七十年間、隠し持っていたというのである。公式発表された原稿は、八百回余。番組はノンフィクション作家・保阪正康（一九三九〜）と、近現代史研究者・辻田真佐憲（一九八四〜）のふたりの解説で解き明かされていく。この膨大な綴は、何が貴重かと言われれば、「当時の人の息づかい」が感じられることだと辻田さんの言である。

天皇の下に、大本営があり、その下に陸軍部と、海軍部がある。陸、海各々の下に、報道部長と、十人の報道部員（軍事スポークスマン）がいた。日付、時刻、本文から成る原稿は報道部員が書いた。原稿は軍幹部の決裁を受けた。「大本営発表」と言えば、後の世では、「嘘」ばかりと言われたが、戦争の初期には、戦果の良い時は、正直で、奥ゆかしく、謙虚に書かれ、修正は少なく、決済印も少なめだったようだ。

昭和十八（一九四三）年五月、「アッツ島の闘い」報道に於いて初めて「玉砕」という言葉が使われた。この後、どんなに敗北を喫しても日本や大和民族の優越性が美辞麗句で書きたてられた。報道部員たちは、できるだけ真実を書きたいと（いいわけもあるだろうが）思っていたようだが、作戦部は軍の都合の悪い情報は知らせたくない一心で、偽りの報道を流し続けたという。

なにか大きいもの、例えば巨大な利権、などを守るためには、真実を改竄、隠蔽するのは、現在、私達の身の回りで起きていることだ。日本軍から、現日本政府へ、美辞麗句で煙に巻き、「嘘」で固めて乗り切ろうという体質が脈々と続いているのではないだろうか。

言葉が人を「動かす」あるいは「操る」例については、すでに「第三章　大空襲と原爆」で見て来た。「原子力の平和利用」というのがそれである。

山本利の青年時代は「国」という言葉で埋め尽くされていた。

「国の鎮め」、「国家の第一線」、「国軍の中枢」、「報国の道」、「国民の選良」、等々枚挙に遑《いとま》がない。「国の為」という大義名分さえあれば、どんな無理な事でもたいていのことは通ってしまったことだろう。

因みに広島に原爆が投下された翌日はどのように発表したのだろうか？

一、昨八月六日、広島市は敵B29の少数機の攻撃により相当の被害を生じたり。

二、敵は右攻撃に新型爆弾を使用せるもののごときも、詳細は目下調査中なり。

と、報じている。この「新型爆弾」は、「特殊爆弾」を書き換えたものだった。

戦後、報道部の長も、それを新聞報道した新聞社の長も、公職追放になっている人が多い。戦争協力者と認定されたということだろう。私の祖父山本実一も二一年九月公職追放令が公布・施行されてから、公職追放になり、二五（一九五〇）年、十月、特別追放免除となり、社長に復帰した。当時二〇万八千人が追放になっていた。一九五一年九月サンフランシスコ講和条約が締結された。その翌年の四月に追放解除が行われた。

ところで、利は、ビルマから生還して二年間は、新聞社の編集長であったから、大本営発表を聞いて、記事を書く立場であったろう。二〇年三月に再度応召になってほどなく、今度は、陸軍報道部に配属された。参謀本部の報道部と地方の報道部は、全く、規模が違うのだろうが、利は報道部でどのような仕事をしていたのだろう。

ここで、太平洋戦争下のジャーナリズムについて知りえた事を記しておく。「大東亜戦争」（太平洋戦争という呼称はマッカーサーの日本進駐と同時に言い換えさせられた呼称である）に突入する前、政府、軍部は国民の言論統制を必要とした。とりわけ、新聞論調の統制が為政者側の大きな政治目標になった。

新聞用紙の統制を理由に新聞の「共同販売」制度が計画された。十六年五月に発足した民間企業の集合体である「新聞連盟」を通して、昭和十六年十二月一日に発足した「共販制度」を実行に移していった。本来新聞は、自由競争の中で育った。販売部数と広告収入を競うことによって伸びて行った。ところが、「共販制」は、一つの販売店が、帰属社を離れて各紙を販売する制度だから、各社の利害は対立した。が、結果的に「新聞の共同配達、共同集金、共同輸送を行い、各社の持つ販売網を統一一元化する」ことになった。解りやすく言うと、販売株式会社を全国組織で作った、ということである。猛反対の中、実行されたのは、「新聞連盟」の内部に情報局の職員が参与や理事の資格で参画していたからだ。情報局とは、国務大臣を総裁とする国家機関で、職員の中には陸、海軍人が要職を占めていた。新聞連盟は国家の枠の中に早々に組み込まれていった。

情報局は、まず、新聞製作と販売を分離することによって、新聞社のコントロールをしやすくした。最終的には、全国の新聞社を一つの会社にしてしまう計画まで出すが、これは実行には至らなかった。要は、新聞製作用資材の配給権を政府が間接的に握ることになったから、新聞の統制は、思うがままになった。こうして、「共販制」の導入は、最終的に新聞論調の一元化を成功させた。

二〇年四月二一日から、「一県一紙体制」が、実施された。例えば、それまで「朝日」「毎日」を購読していた人も、その日から、中国地方では「中国新聞」しか読めなくなった。政府は、読者の「選択」権よりも、新聞の「一元化」を優先した。

二〇年四月と言えば、戦局は敗色が濃厚で、米軍の空襲が日常的になっていた。全国の地方紙も被害を受け、一時的に発行不能に陥ることがあっても、新聞の「一県一紙」体制と「相互援助契約」のため、新聞が止まることは避けられたという。

個人的には、恥ずかしいことだが、私にとって衝撃の葉書が見つかった。昭和十四年四月二八日付の百合子から広島の兵営にいる利への葉書。

お便り有難う存じました。昨日、（利の）お父様お母様、東京駅にお着きになりまして、母と晶子（百合子の妹）と三人、お宿にお供して色々お話しに余念なく、利様のお元気な御立派な御生活の御様子をうかがい、大変うれしうございました。朗さん（利の弟）や黒川さん（お仲人）もご一緒に日比谷の新しい放送局の内部を拝見し、室数の多いのに驚き、ちょっとかくれんぼがしたくなりました。夕方、私一人、お父様、お母様について買い物を少しして後、夜のお食事を石井四郎様【注】のお招きで品川の「つかさ」という所へ参りまして、十二時近くまで、清正様（お分かりになる？　石井さんのこと）の実に良いお話し伺い、いよいよ緊張する覚悟を致しました。（後略）

何故、一地方新聞の社長が、このような人物に食事に招かれるのか？　あるいは、招いたのか？　しかも、何故、長男の婚約者迄一緒に食事に行ったのか？　もしかしたら、百合子の親戚か知り合いなのか？　妙に親し気なのも不思議だ。謎が深まる。また、「緊張する覚悟」とはなんだったのだろうか？

父はリベラルであるはずと思い込んでいた私から見て、手紙のどこにも、戦争そのものや軍部に対する批判めいたものが見当たらないことに、微かにだが、失望を禁じえなかった。それが、その時代一般の風潮であったのかもしれないし、手紙の検閲もあったようなことが書かれてもいた。それにしても、軍隊生活に必死の思いで順応し、幹部候補生試験にトップクラスで合格し、二等兵から二年弱で少尉に昇進する。異例の出世で軍隊の組織の中にどっぷり浸かっている彼は、自身の境遇をさほど悲しんでいる様には見えない。それどころか、肯定しているようにさえ見えた。健康な体を貰ったと両親に感謝しているが、（身長は160㎝、体重は55㎏くらいの小柄な人だったようだ。）決して頑強な体躯に恵まれていたとは言えず、あの軍隊生活を耐え得たのは、ひとえに努力と頑張りだったと思われる。そしてまた、それを支えたのは、心の中に常にあった百合子への思いだっただろうということはだけは否めない。

しかし、その頑張りは、いったい何のためだったかと考える時、あまりに空しい気がしてならない。

【注】石井四郎《いしいしろう》——一八九二年（明治二五年）～一九五九年（昭和三四年）。731部隊の部隊長。

「もうひとつのヒロシマ　～ドキュメント中国新聞社被爆～」（社会思想社）によると、山本利が再度、野砲兵五聯隊に召集されたのは、二〇年三月二〇日であったが、六月二〇日、中国軍管区司令部創設と同時に、報道部将校として転属を命じられた。中国新聞編集局長の肩書が買われたのであろうとある。軍の広報に関する記述を一部抜粋する。

戦局の推移とともに、軍は広報の重要性に気づき、新聞、放送の役割に大きな期待をかけた。同盟国のドイツは宣伝相を置いたほどで、日本もこれをまね、十五年十二月六日、情報局官制を交付し、情報・報道体制の操作に力点を置くようになった。国の政策の一環として報道機関が組み込まれたわけである。

もっとも新聞が無抵抗で政府の言いなりになったのではないが、大東亜戦争に突入以後は、世論の代表としての新聞が、戦争遂行の〝教宣〟機関となっていったのは事実で、軍部も国民の新聞に対する信頼を逆に利用するようになった。

戦局の方は、四月一日、米軍が沖縄本島に上陸を開始した。

新聞には「わが精鋭部隊は、米軍の空母を『撃沈』し、陸上部隊は『果敢の邀撃（迎え撃つこと）』を展開し、特攻機が『猛襲六回』繰り返した」等の見出しが躍った。しかし、それらを文字通り受け取った国民は、さすがにもう、多くはなかっただろう。日本軍は首里城に司令部を置き、中南部に防衛線を敷いたが、圧倒的な軍備の差に後退を強いられ、五月下旬には、ほぼ壊滅状態に陥ったようだ。

六月二一日に「我が沖縄守備軍遂に全滅す」という広報が各新聞紙上に発表された。続いて、司令官の自決から三日後の六月二五日に、「全戦力を挙げて最後の攻撃を実施せり」と大本営が発表して後、沖縄戦の記事はぴたりと止んだ。

四月七日には、宍戸大尉は「兵器勤務隊長」の任務に加えて「総動員班」の主任将校に任ぜられた。兵器だけではなく、第一線部隊からの要請で「自動車の代燃装置、針金、釘、カスガイ、電線、電球、鋸、鉈、セメント」等々を求めて奔走することになったが、ことごとく入手困難なものばかりであった。

そのような時、広島文理科大学の柴田教授を中心に二百万個の手榴弾製造計画が持ち上がった。教授によれば、最近ドイツから潜水艦で到着した秘密情報の中から、新火薬の製造方法を発見したというのである。この新火薬はアカマツの樹皮を極微細粒子にしたものに、適当の量の次亜塩素酸曹達をしみこませてプレスしたものだそうだ。この「柴田火薬」は、一時、司令部の人々に希望をあたえ、参謀長の許可も得て、生産準備段階に入っていた。

ところが、中国新聞からの情報で「広島文理科大学理学部の他の教授たちがこの計画に対して疑念を持っている」ことがわかり、編集長と山本利は、折角熱意に燃えて取り組んでいる総動員班の人たちに、心苦しくはあったが、その旨を伝え、念のため、くれぐれも大事を取って、他の教授たちにも説明をもとめてはどうかと、注進に及んだ。

沖縄戦の敗色が濃くなるにつれて、行政のいろいろな部署で、もう、何を考えてもしかたがない、という空気が広がってゆき、責任をもって本来の業務に取り組もうとする人が少なくなっていくようだった。その空気の中で、華々しくバルーンを挙げた手榴弾作戦計画も、次第に空気が抜けてゆくようであった。

決して口にしてはいけないことだが、「沖縄決戦」に最後の希望を託していたことは、否めない。最後の拠り所を失ったように、多くの国民が戦意を喪失したと同時に、米軍への敵愾心も衰退させたかのようだ。

初めての広島への空襲は、四月三〇日だった。敵の大型一機が、愛媛県中部から広島湾上空を北進し、島根県浜田市上空で反転し、再度広島県上空に侵入したのが、午前六時五五分。爆弾二五〇キロ十個を市の中央地域に投下して南方へ脱出した。死者は十名。重軽傷者十七名。中国配電倉庫三棟、青年学校校舎、住宅五戸等が全半焼した。六時十分に警戒警報が発令されたが、それまで上空を通過するが爆弾が投下されたことが一度もなかったため、退避した者がなく、思わぬ死傷者を出してしまった。

沖縄決戦以降、全国的に敵編隊の来襲が激しくなった。中国軍管区においても、一一、三日に一度の割合で、防空警報が発令されるようになった。敵の編隊が中国軍管区に侵入しそうだとなると、「警戒警報」が発令される。それと同時に広島全市に一斉にサイレンが鳴り始める。そして、二時間余りの後、空襲警報が解除されるまで、市民は息をひそめて防空壕の中で過ごすのである。四月三〇日以後は、しかし、広島市への爆弾投下はまた、止まった。

山本中尉の軍司令部での仕事は、作戦室の手前に設置されている放送室の主任担当で、二～三名の放送部員を監督する任務があるが、実際は、作戦室の手伝いをすることが多くなってきた。どのような手伝いかと言うと、「警戒警報」が発令されると、軍司令部の前庭の一隅にあるコンクリート製の大型防空壕の中へと走り込む。中の防空指令所では、情報主任参謀の指揮の下で防空班全員が敵機の飛行進路を追及する最中である。作戦室の奥にある電話交換室では、二〇人ばかりの女学生が待機しており、各地に配置されている対空監視廠からの軍用電話を取り次いでいる。敵機が接近し始めると、ハチの巣をつついたような有様になる。作戦室に貼られた中国地方周辺地図に交換手からの信号が次々と送られて、豆電球が点滅すると、作戦参謀と作戦班員が合議の上で「空襲警報」を発令することになっている。この仕事は二時間から三時間かかるので、「警報解除」になるまで、その場にいる全員は緊張のあまり、疲労困憊するのである。

空襲警報が頻発するにしたがって、広島市の中心を東西に走る百メートル幅で、三キロに及ぶ防空地帯を早急に完成させる作業に拍車がかかった。この「強制家屋疎開地帯」にある家はおよそ八百戸あり、二か月の予定で二万人を動員して完成させる予定という。

指定された地区に、動員される市民というのは、主人のいない家に残った老人と中学校、女学校の一、二年生や、国民義勇隊に加わることの出来ない六〇歳以上の男子や、四〇歳以上の女子、そして忘れてはならないのは、大量に動員された朝鮮の人々である。突然の命令で、まだ家財道具の搬出もすまない家も容赦なく取り壊されてゆく。引き倒された家屋から、瓦や壁土を取り除いた木材を特定の場所まで運搬して、積み上げる。中古電線は回収されて貴重な資源にするのである。このような作業を老人や子供が埃と汗にまみれて文句も言わずに行っているのである。家を壊された人々も、壊すことを命じられた人々もこうすることが、祖国を救うことに繋がると思って不平も言わずに黙々と、立ち働いている。

せめて今作ろうとしている「防火地帯」が、いざという時に十分な効果を上げることが出来るようにと祈るばかりだった。

七月二八日、各新聞の一面に、「米・英・華の首脳対日宣言（ポツダム宣言）を発表」との見出しが載った。去る七月十七日より、ベルリン郊外のポツダムで米英の巨頭会談が行われており、決定した対日宣言を、米英華の首脳の連名で正式に発表し、今次の戦争を終結する機会をわが国に与えることになった、というものだった。

「右の各条項は、何れもカイロ宣言【注】の延長拡大にほかならず、欧州戦の終末、大東亜戦争の最終段階突入の世界情勢を背景として、次の如き意図を織り込んだ多分に謀略的要素を有するものであることはいうまでもない。

（一）ドイツに対し無条件降伏一点張りで、ドイツをして最後まで抵抗せしめ、それによって必要以上の損害を受けたことで、米国内に批判があるため、今回は方針を改めて対日勧告をなし、自国民の諒解を求めんとしたこと。

（二）国内に平和要望の声が次第に高いため彼らからみて、相当緩和した条件を出して、もし日本がこれを肯ぜず、戦争を継続せんとするならば、あくまで戦わざるを得ずと自国民を納得せしめ、戦意高揚に資せんとしたこと。

（三）硫黄島、沖縄における米側の犠牲が多大であったに鑑み、日本がこれを受諾せざる場合は戦争を継続する他なし、従って、更に大きな犠牲を忍ばねばならないことを明らかにして、自国民の覚悟を促したこと。

（四）自らの武力の圧倒的に大なることを誇示し、日本の敗戦気分を構成し、併せて日本の軍民離間を狙ったこと。（読売報知）」

その上でさらに、大見出しで『戦争完遂に邁進、帝国政府問題にせず』。
「敵米英並びに重慶は不逞にも世界に向かって、日本抹殺の対日共同宣言を発表、我に向かって謀略的屈服案を宣明したが、帝国政府としては、かかる敵の謀略については全く問題外として笑殺、断固自存自衛戦に太平洋戦争完遂に挙国邁進、以て敵の企図を粉砕する方針である」と述べている。

【注】カイロ宣言――対日方針を協議するため一九四三年十一月・カイロで開催された首脳会談。日本の処遇について話し合われた。ポツダム宣言に一部引き継がれた。

宍戸太尉や山本中尉は、この「ポツダム宣言」をいかに解釈したのだろうか。
軍司令部にいる参謀達であっても、報道部にいる山本利であっても、新聞紙上に表れた記事以上の情報はなにひとつ知ることはできないのである。ただ、現下の窮乏の極みにある国民生活や、人々の戦意喪失しつつある状況を鑑みるに、大本営の発表を鵜呑みにすることはさすがに難しいと思われる。それにしても、これまで、新聞にも採り上げられた「ソ連政府を仲介として、我が国に有利なる戦争終結の機会を求める」といった外交措置はその後いったいどうなっているのか？　この度の「ポツダム宣言」との関係はあるのか？　なにひとつ手がかりがない中、疑問ばかりが堂々巡りしたのではないか。

八月に入り、戦局はますます厳しさを増す。利はもう、自宅に帰るのもままならない程、作戦室に張り付いて空襲警報の手助けをする日々に突入した。

明日にでも敵が九州の各地に上陸するのではないかと、噂された。今まで、幸か不幸か大きい空襲は免れている広島だが、遅かれ早かれ、標的になっているのは確かだから、時間の問題だと覚悟を決めていたのではないか。だが、「覚悟を決める」と、軽々に言ってはいけないかもしれない。少なくとも、今日、たった今、目前に爆弾が落とされるとは、彼を含め、多くが思ってはいなかっただろう。であるなら、一体、何時がその日、その時なのだろう。

当時の市民が恐れていた「何か大空襲を超えるもの」に広島が襲われるのではないかという予感は当たってしまった。

誰しもが思うことは、大きな軍用船が接岸できる宇品港があること。すでにその時点で、百万もの兵隊、膨大な物資を戦闘地へ運んでいた。島国日本にとって最重要な物流拠点という地理的条件があったからだ。

が、それだけではなかった。日清戦争において、広島が「臨時首都」であったことを知る人は少ない。一八九四年九月から一年余、明治天皇が日清戦争の指揮を執るため広島に滞在した。広島城内に天皇直属の「大本営」（戦争最高指揮機関）を置き、陸軍第五師団（後に利が入営した）の敷地に建てられた仮設国会議事堂で帝国議会が開かれた。当時、伊藤博文首相をはじめ、外務・大蔵・陸軍・海軍の各大臣、十月には国会議員も広島入りしたと言われる。

以来、広島は一九四五年の敗戦まで「軍都」として栄えていたということだ。

「広島に原爆が落とされたのはなぜか」という誰しもが抱く疑問は、近年になって次第に解き明かされてきたように思う。

「ヒロシマ」は、ただ悲惨な目にあった被害者だっただけでなく、間接的には、国の戦争政策を支え協力した加害者でもあったことは、肝に銘じておかなければならない。

この度の新設師団は第二二四師団（赤穂）になり、主な編成行事は七月末から、八月上旬にかけて連日のように強行されるのだが、特に大動員をかけているのが、八月五日と六日の両日にあたっている。それらの日は、付添人や家族も含めて約八千人程度の宿泊施設を用意するよう、兵站司令部に指令が出たということだ。

第六章　八月三日、百合子が突然、面会に

昼食前に、B24五機編隊による二度目の広島空襲があった。この日は、警報が出ても、作戦室には入らず、作戦参謀の許しを得て、特別に報道部の皆は、広島城跡の濠の土手によじ登って、敵編隊の監視をした。東方から侵入してきた敵編隊は、宇品港付近に爆弾を投下した後、次は西進して、三菱造船付近にもかなりの爆弾を投下し、西方へ姿を消した。その間、当方の独立高射砲第22大隊は、総力を挙げて対空砲火を浴びせているうち、その編隊の内の一機に見事、命中させた。機は黒煙を吐きながら、南方海上へ墜落して行った。と同時に、軍司令部のあちらこちらから「万歳・万歳」の声が沸き上がった。後に墜落したのは、厳島沖付近との報告が入った。その日の昼休みは、「敵機墜落」の話題で盛り上がったとのことだ。

「とのことだ」というのは、山本利は、昼休みに皆と食堂にいなかったからである。その日の昼休みは、もうひとつ、サプライズがあった。安芸郡府中町に疎開している妻の訪問を受けたのである。話をするのは、宿直室、この時間は人もいないので、特別に入れてもらう。

このところの食糧不足で、妻のふっくらした顔が心なしか、面長になっている。彼は家へ帰れないわけではないが、交通の不便や、混雑、時間の掛かりすぎることなどを理由に、この数週間は休日以外司令部で寝泊まりしている。思えば明後日（五日）は日曜日なので、久々に帰宅するつもりであったのに、急に訪れた妻を見て、何か不都合が？　と不安になる。が、その前に、先ほどの「撃墜事件」の話をしたくてたまらなくなるが、記事にする前に話してはならぬと、ぐっとこらえる。

開口一番、妻は、「また、子供ができましたの」と言う。

ああ、そういうことか、それならばよかったと、安堵して、「えっ？」「お前は何人作る気や？」と、言ってしまった。

「まっ！」と、妻は目をまん丸くして、彼を睨んだ。が、すぐに気を取り直し、「もう一つ、ありますのよ」と言う。

聞けば、長男（一歳七か月）が、「毎日、ぴーぴーどんどんなんですの」。

配給の粉ミルクにあたったのではないかと言うのだ。出産以来、母乳がほとんど出なくて、もらい乳をしていたのだが、「乳母さんのお乳も出なくなって、粉ミルクに変えた途端なんですのよ。困ったわ。お医者さまは、どなたがいいかしら？」と、真剣な顔で尋ねてくる。

山本は知り合いの名医を紹介して、「それは、心配だね。でも、あまり神経質にならんことだ」と言う。

すると、妻はまた、少しむくれて、「まあ、男の人にはお分かりにならないわ」と言う。と、言いながら、目は笑っている。

彼は、東京から広島に嫁して五年になるのに、いつまでも東京の山の手言葉を使う妻に、広島弁は嫌いなのかい？　と聞いてみたい気が常々しているが、反撃がこわいので、控えている。妻の性格については、離れ離れの生活が長かった中で、しばしば思いを巡らせてきたものだった。一種の頭の高さ、「つん」としているように見えるところが、その魅力でもあり、欠点でもあった。表面上、「つん」としていても、ひどくやさしい気遣いをするかと思えば、時として、「ふん」と冷たく当たることもある。その特有の「頭の高さ」を、捨てるべきか、保つべきかは、彼女がこれから生きていく上での重大問題だ。彼女自身が調整することだろうが……。

が、それはともかく、こうして、時々でも会えることがただ、うれしい。考えてみれば、家では彼の両親や、幼い子供達もいるし、彼とゆっくり話すこともままならないから、バスと電車を乗り継いで、ここまで来たかったのかもしれないなと勝手に解釈し、彼女の気持ちがうれしくもある。彼らは、婚約時代から数えて、六年、結婚して五年になるが、一緒に暮らしたのは、三年にも満たない。だからかもしれないが、いつまでも新婚のような気分が抜けない。

それに妻がたまに来ると、電話交換手の女学生たちが、「あら、山本中尉殿の奥様よ」とこぞって覗きに来るのだが、内心、悪い気持ちはしない。

あまり、皆がじろじろ見るので、「今日は、あなたがおっしゃったように、変装して来ましてよ」と鍔の広い黒い帽子を目深にかぶり、色眼鏡をかけて、つんと澄まして見せるのもうれしいものである。この「うれしい」を三度も書いてしまったが、他に言いようがないほど、山本は妻に惚れ込んでいるのである。彼女はモンペ姿であっても、広島中で一番美しいと、彼は密かに思っているのである。（以上、母の話を私が想像して膨らませて書いた。）

★　★　★　★　★

百合子と別れて利はどんなことを考えたのだろう。三番目の子供のことは？　以下、彼の過去の手紙の端々に書かれていた百合子の写真の記述を元に、想像してみた。

昼休みの僅かな半時を百合子と過ごして、別れるのがいかにも名残惜しく思われた。「五日

（日曜）には、帰るつもりにはしているが、空襲警報は待ってくれないからな。帰れなかったら、次の日に」と利が言うと、「ええ、ご馳走を作ってお待ちしていますわ」と快く返してくれた百合子だった。

ひらりと踵を返して帰って行く百合子を姿が見えなくなるまで見送った彼は、何故か、もう会えないかもしれないという気がした。

彼女の後姿を見送りながら、不図、離れ離れに暮らした婚約時代から、結婚後の軍隊生活の間にも油紙に包んで胸のポケットに忍ばせ続けていた一葉を思い出した。

ボロボロになって、遂に捨てざるを得なくなってしまったが、目の前からは消えても、彼の脳裏にはしっかと焼き付いている。それは、春の日差しを全身に浴びて牛込の家の庭の木製つり橋の上に立っている百合子の写真だった。湧き出るような青春、若さに充ちた肢体、女学校の五年生、十八歳、卒業前の一葉だ。それを思い出す度、利はいつも一つの悲しむべき思いに打ち当たった。その写真を見ながら、百合子と交わした会話がある。結婚を前にした秋の夜の事だ。

「だけどね、この若さを見てごらん。今の君には之があるだろうか？　君は、健気にも僕の子供が欲しいと言う。若し、僕が出征した後も、それに頼りを得てこの世を渡り切れるという。何という悲愴さだ。この日ざしを浴びた若い娘に一九四〇年の血腥い空気を吸わせるのじゃなかった。君の健気さは僕は心から嬉しい、頭を下げる。それだけに僕は、一つの罪悪を齎した気がしてならないのだ。得難い若さ、自由、それらの持つ幸福を奪って軍人の妻に叩き上げた僕のエゴイズムは、天にも恥ずべきものかも知れないよ。そのお蔭で僕は成程平静を獲た。心置きなく死ぬることも出来るような気がする。この自惚れたフマニストを笑ってくれ」

百合子は、フフッと笑ったばかりだった。こうした時代的な宿命観は、大した作用を彼女に及ぼさなかった。その生きている時々得られる最大の幸福感を心静かに味わっているこの女性――総ての女性が幾分そうなのであろうか――を彼は今更の如く不思議なものに眺めた。この島国の青年たちは、彼等の上に課せられた重い荷を欣然と双肩に受けて働いている。

二〇世紀初期の一切の自由（フライハイト）は影を潜め、与えられた使命のみいたずらに重い。然し之がために重荷の苦痛を訴えたりする者は一人もいない。

この男性群に積極的に協力して、女性も共に難路に踏み込まなければならない。

こうして与えられた一人の女性を運命的に眺めるならば、あるいは、一の悲劇を形成するかも知れない。けれども、百合子は自身決して悲劇のヒロインではあるまい。

一度だけ、百合子が炬燵に身を埋めて寂しそうに一点を凝視していた事があった。婚約者として、入営する利を見送りに来た彼女が、広島の利の実家で過ごした数日の間の出来事だった。この家に於いて役割の不明さの為、炬燵に入っている他、身の置き所を見出せなかったのだろう。その時の眼と、姿態を彼は忘れることができない。

その日から、五年が経過し離れ離れの生活の繋ぎ合わせではあったが、この間、すでに二人の子どもができ、今また来春早々三番目の子どもが生まれるという。

今日の百合子の眼には、何処を探しても一抹の不安も、寂寥も見つけ出す事はできない。

女学校最後の日に撮られた初々しい百合子の写真の記憶を振り払って、利は机に向かい短い記事を書いた。

「米軍機、宮島沖に撃墜」


ここからは、母、祖母に聞いた話や、宍戸さんの「広島の滅んだ日」や、「もうひとつのヒロシマ」から、山本利に関する記述を拾い出し、私の想像で再現してみた。

八月四日（土）
山本利が勤務する中国軍管区司令部の中央広場の丸池付近に、濡れ鼠のような姿をした米兵捕虜が二〇名ばかり、地面に座らされていた。司令部の将兵たちが遠巻きにして眺めていた。不安に慄いている青い目を見ると、まだ、少年のようだった。利も十七年にビルマ方面へ出動させられ、異国で味わった不安を思い起こした。どんなにか故郷に帰りたいだろう。こんな言葉もわからない、平たい顔をした敵の面々に見世物のようにジロジロ見られて、どれほどの屈辱を味わっているのだろうか？　その青年の一人とふと、目が合ったが、咄嗟に目を反らした。

八月五日（日）　深夜の空襲

四日は、昼も夜も空襲はなく、夜、久しぶりで数時間の熟睡を得た。

五日の朝は、いつも通り、八時半からの朝礼に出るため、八時には、前庭に出た。この日は、本来は休みのはずだったが、部下の報道部員がどうしても変わってほしいと申し出たので、利は明日、彼と交替で、帰宅する事になった。五日と六日は、新設の第二二四師団（赤穂）の入営日である。歩兵連隊迄、取材に行くと、衛門前は、すでに黒山の人だかりだった。思い起こせば、彼が初めて入営した六年前は、新品の軍服、軍靴、装備品で身を整えていた。ところが、目の前に参集した入営者達を見ると、在郷軍人の制服（古着）を着て、中には、普段着の様なものを着ている者もあった。手には奉公袋を持っているのみ。軍靴も配給されていないので、普段の傷んだ靴を履いて来ている。靴一つとってみても、これでは、とうていきつい行軍は出来ないだろう。見送りの人々は、てんでに軍歌を唄ったり、大声をあげたりしているのだが、これから入営する兵たちを激励するような熱意など感じられない。少し見回しただけでも、ほとんどが四〇歳以上の老兵か、病弱者とわかる人々である。老兵と弱兵を員数だけ合わせて召集しても、小銃も弾薬も、人数の十分の一も支給できない状況なのである。明日は、もう少し精鋭が集まるのだろうか。

午後遅く、彼は、宍戸大尉のお供をして、標高百三十三メートルの双葉山にある高射砲陣地を訪れた。三日の米軍による空襲時、米軍機一機を撃ち落とした大隊長に参謀長からの感謝の言葉を伝えるためである。きつい坂道を上るのは、炎天下であるし、中々骨が折れたが、やっと登りきったあたりから、高射砲がぽつぽつ見え始め、眺望も開けてきた。高射砲陣地の一番高い所にいた大隊長が、彼らを見つけると、嬉しそうに駆け下りて来た。参謀長の謝意を伝え、一昨日の戦果を讃えると、彼はすっかり恐縮して、

「いやいや、あれは当然のことをしたまでです。それにたった一機では、あまり自慢できるものじゃありません」と、あくまでも謙虚な人柄である。彼に会ったことで、少し気持ちが鼓舞された思いで、利は山頂からの景色をしばし楽しんだ。灼熱の太陽が今しも沈むところで、夕日に照らされて水の都広島が美しく輝きながら、眼下に広がっていた。

長い一日だった。

しかも、それで終わりではなかった。

日が暮れて、一旦下宿に帰り、シャワーでも浴びてくるという宍戸大尉と別れ、山本利は、ここからなら、わが家も近いと思ったが、司令部へ戻った。一息つく間もなく、午後八時前、

ラジオから、臨時ニュースが流れて来た。

「北上中の敵の大編隊が我が軍管区に接近中」

と、ほとんど同時に、「警戒警報」のサイレンが鳴り始めた。

直ちに、防空司令部の地下室に下りて行くと、何時にもまして張り詰めた空気が充ちていた。下宿に帰ったはずの宍戸大尉もほどなく駆けつけた。数分もしないうちに、軍司令官、参謀長、各部長、参謀、副官のすべての幕僚が勢ぞろいした。正面の広島県全図の電光板を凝視する。「空襲警報発令」許可が参謀長により出されると、ラジオとサイレンが一斉に鳴り始める。

敵の大編隊は瀬戸内海を横断して、広島県に向かって北上して来た。ただ、高度が極めて高く、一度定めた進路を少しも変更することなく、まっしぐらに北上し続けている。そして、福山市の西方地区を通過し、日本海に向かって突進したかと思うと、そのまま、北へ、北へと進み、ついに日本海の北へ、消えてしまったのである。このようなことはかつてなく、防空班の人々は各地の対空監視哨と連絡を取り合い、首をかしげて、話し込んでいた。が、三〇分もすると、編隊は、反転し、南下を始めたのである。一応解除した警報を再度発令して、攻撃に備えたのであるが、敵機は相変わらず高い高度を保ちながら、南下を続け、三〇分後には、四国沖に消えて行った。

今のは、いったい何だったのか?

その場にいた人々の胸に不吉な予感が渦巻いたが、しばらくして、徐々に落ち着きを取り戻し、そろそろ解散かと思われた頃、

「ちょ、ちょっと、待って下さい。只今、また新しい情報が入り、別の敵編隊が、先ほどと同じ進路を北上中とのことです。今暫く待機をお願いします」

軍司令官以下、全幕僚が再び定位置に着いた。今度は、進路がわずかに西に傾き、岩国と大竹へ向いてきた。警戒警報が、空襲警報へ切り替えられた。すべての目が電光掲示板に釘付けになる中、今度も、敵編隊は、岩国、大竹上空をまたも素通りして、北上し、日本海の彼方へ消えた。と思うと、三〇分後、再び反転して、同じコースを辿り、南太平洋上へと消えていくのである。その間、およそ二時間である。

二回目の空襲警報も解除になり、幸いなことに、今回も危険を脱することができた。しかし、山本利の不安は去らず、傍らの宍戸大尉に、囁いた。

「やれやれ、やっと解散させていただきますか。それにしても、敵さんは、いったい何を考えているんでしょうかね。さっぱりわからないですよ。こんなことを言うと叱られるかもしれませんが、昔から、二度あることは三度あるといいますから、これで安心はできませんね」

この心配が、的中し、敵空軍の第三梯団が、またも、先の二回と同じ進路で北上中とあり、三度目の緊急体制に入った。今回は、一度目と二度目の中間付近を狙っているように思われた。

青木参謀は、

「今度こそ、広島か、呉が狙われているぞ。しっかりしなければならぬ」と緊張した顔をさらに引き締めた。三回目の警戒警報がすぐに空襲警報に変えられ、ラジオでは、広島および呉の市民に、緊迫した声で退避を、繰り返し呼びかけている。

爆音は急速に近づき、彼らの上空に達しつつあった。宍戸大尉は、過去の攻撃事例を考えて、今夜の様に高度を下げないで一直線に攻撃してくることはまずないので、今回も一、二回目と同様、素通りするのではないかと言った。

彼の予想は当たり、今回も素通り→日本海→反転→素通り→四国沖へというコースを辿った。この夜、広島が空襲を免れたことは、いちおうの安堵をもたらしはしたが、二時間ずつを三回、敵の不可解な神経作戦は、あらゆる人々をすっかり疲弊させるに充分だった。

最後にすべての警報が解除されたのは、日付を超えて六日の三時半になっていた。最初の警戒警報から、実に七時間半以上、地域全体の民間の人々も、入営したばかりの兵隊達も、同じ恐怖に苛まれながら、一夜を明かしたことになる。

八月六日（月）その日——八時十六分まで

宍戸大尉と山本中尉は、ともあれ、最後まで防空勤務の使役に耐え抜くことが出来た。それは、彼らが正規の防空勤務者ではなく、重い責任が課せられた立場にはいなかったことによる。彼らは自分のペースで気が付いたことをあれこれ手伝った程度で、時には、壕の外へ出て、敵機を監視したり、合間には、新鮮な空気を吸ったり、電話交換手をしている女子挺身隊の女学生達を励ましに行ったりと、最後まで無理な緊張をしなかったこともある。

最後の警報が解除になった時、軍司令部の藤井中将は、司令室の人々の疲労困憊の様子を寂し気に見回していた。が、比較的元気そうに見えたのであろう、ふたりの方へ嬉しそうに歩いて来て、

「君たちは、終始一生懸命で頑張ってくれたね。さぞ、疲れたであろう。明日は、特に、十時半に出勤してよいから、それまで、ゆっくり寝るがいい」との、優しい言葉である。これを聞いたふたりは、お礼の言葉を述べるゆとりもなく、ただ、電気に触れた様に反射的に敬礼をして司令官を見送った。

普段、「軍司令官」という最高指揮官は、彼らの様な召集将校などにとっては、雲上人である。遠くで見かければ停止敬礼して、あちらがそれに気づき、答礼を返してもらえれば、望外の喜びで、一日ウキウキするほどの人なのである。

「よく働いた」「明日は（すでに今日であるが）十時半に出勤すればよい」という言葉は、何よりの褒美であった。が、山本中尉にとっては、朝礼（八時半）時に、報道部の部下と交代し

て帰宅する予定であったから、折角のご褒美も意味をなさない。

呆然として、壕の外へ出たふたりである。宍戸大尉は、自転車で十分の下宿に帰って一眠りするという。山本利中尉は、今晩は軍宣伝班（報道部）の部屋で寝ますと、彼に告げた。

自転車に跨る宍戸大尉を見送って、彼は、前庭の向かい側にある舎屋へ戻り、宿直室のベッドに転がり込んだ。


着替えもせず、寝込んだので、三時間余は眠っただろうか。夢の中で再び警戒警報を聞いた気がした。

「畜生、しつこい奴らだ」と、毒づいたのが、七時半ごろの事。いや、どうやら、本当に敵機が来ているらしく、ラジオの音が舎内に鳴り響いていた。今回はわずか一機で、偵察の目的で広島に接近しつつあると報じている。

流石に、疲れた身体に鞭打って起き上がると、急ぎ顔を洗って外へ出る。昨夜、彼と同じように泊まり込んだ人々が、顔をしかめながら、ぞろぞろ出てきている。

「なんでしょうね、また、偵察ですか」

どの顔も不安で、さすがにもう、冗談を言い合う雰囲気ではない。皆が一様に空の高い一点を見つめている。先ほどまで、雲に覆われていたという空が、急に晴れ渡って、真っ青な夏空が広がっていた。高度一万メートルはあろうか、空が澄み切っているため、そのように遠くても機影が確認できる。大変な速度で西の空へ飛び去って行った。
「いやあ、なんでしょうね」「しかし、また、今日も暑そうですな」「寝不足には酷ですね」などと言いながら、朝礼の中央広場へ移動する。

この同時刻、建物疎開の現場にも、女学生、高齢者、朝鮮の人々が、わらわらと集まりつつあっただろう。

八時、昨日の応召兵と本日の入営者たちが、広場にすでに整列している。これまでに見たことのない数だ。皆、不安と疲労で暗い面持ちである。通常の朝礼は、参謀長の訓示の後、女子挺身隊五十人ばかりが竹やりを持って勇ましい舞踏を披露するのだが、彼女たちが整列を終えたところだった。

その時である。遥彼方から、再び飛行機の音が聞こえたと思う間もなく、そこに参集した総ての人々が、一斉に空を見上げた。いつの間にか、敵機が二機、彼らの頭上に来ていた。そのふたつの機影が右と左に進路を変えたのが、目に入るや否や、稲妻の何万倍にも思われる光が輪になって炸裂した。その瞬間、眼が見えなくなり、後は、耳をつんざくような轟音と悲鳴と熱風に包まれて山本利の体は、周囲の人々と一緒に宙に吹き飛ばされたようだ。

痛みや苦しみはなく、空へと昇る途中、彼は出ない声を限りに叫んでいた。

百合子……ごめん……ＴＨＥ　ＥＮＤ　だ。

了

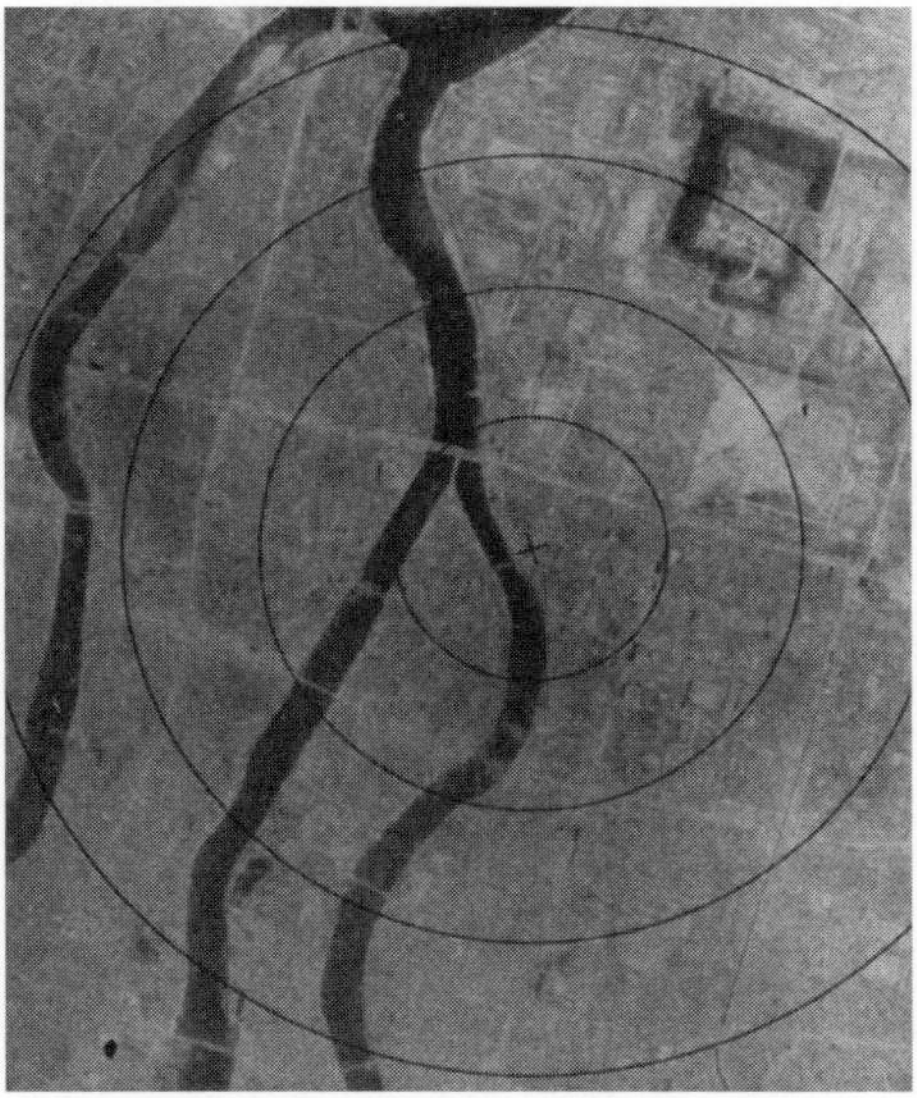

原爆投下第一目標は広島、第二は小倉、第三は長崎だった。広島市内中央を流れる太田川が分岐する地点に架けられた相生橋《あいおい》が、T字形であり、判別しやすいことから目印にされた。実際は、橋よりやや東南の「島病院」付近の高度600m上空で核分裂爆発を起こした。右上が広島城跡。その下が陸軍第５師団。

第二部　往復書簡

婚約時代（昭和十四年一月、利が入営してから、九月結婚するまで）。離れ離れの新婚時代（昭和十四年九月から十五年八月まで）の利と百合子の往復書簡です。

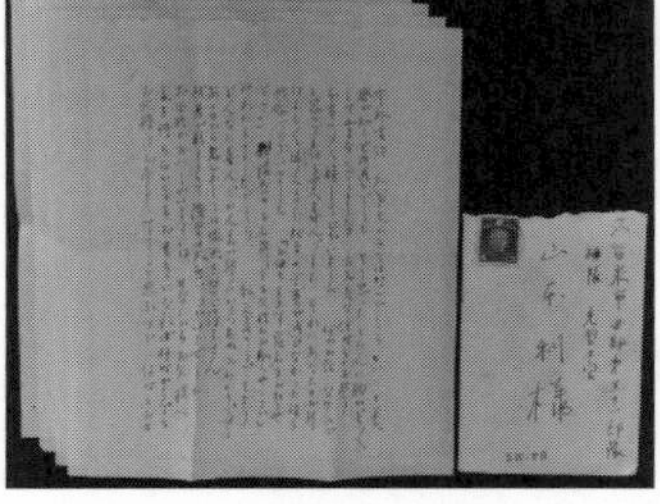

百合子の手紙

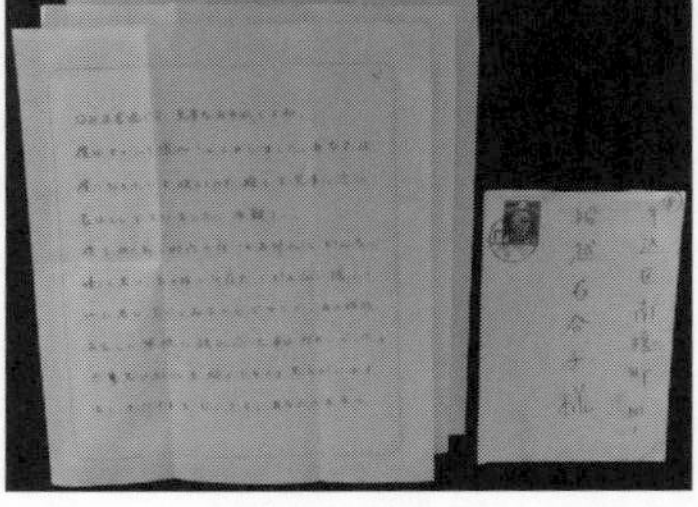

利の手紙

① 昭和十四年一月十九日　利の手紙

今日で（入営）五日、日曜です。午後は教練がなく、母、父、小町の叔母、従弟たちが面会に来てくれて、正午から、四時迄話しました。その時の僕の『いでたち』は決してあなたにお見せできる態のものではないといふのが衆論の一致した所でした。髭も伸び、顔も洗はないので色が悪いらしいのです。仕事も大体目鼻が付きました。身体も充分堪えられます。現役、甲種の一般の人と交って一歩もひけを取らない身体を持っているのだと思ふと心強くもあるでせう。本年度の入営兵は意気込みが素晴らしいといふのが、聯隊全部の定評らしく、その間に処するのは苦労です。

最初の夜は寝付かれずあなたとの楽しい語らひをばかり思ひ出して涙ぐましくさへなりま

した。窓から中国新聞ビルが目の前に見えます。だのに、出られない。ちょっと寂しいものです。でも、晝間冬の暖かい日ざしを受けて大砲などをいぢくっているのは楽しいです。馬も大した事はありません。大砲の名称の難しいのを紹介すると、『蝸状螺桿の轉輪（クワジョウラカンのテンリン）』なんてのがあります。之を覚えるのは辛いです。でも、こうした学科では、人に負けません。中隊名簿の第一等に載っています。

『山本利以下二百六十一名が、この度の第一中隊に入隊した』といふ風に入隊式の際にも読み上げられました。

★　★　★

今日は月曜です。又六日間しっかりやらねばなりません。

今朝、あなたのお手紙を受け取りました。やはりうれしくて何度も読み返しました。今日は辛かった。第二週で鍛錬がきつくなって行きます。午前六時の起床は楽しい夢（おわかりでせう）を破られます。でも、夕方、顔を洗う時（朝は洗ふ暇がないのです）不図、之らの困難を克服した後のことを憶ひ起こしました。何とも言へない楽しさが心に漲《みなぎ》りました。あなたもこの楽しさを楽しさとして下さい。一年といふのは長い。けれども僕には一日一日を考へる余裕などありません。寧ろ、入営を待った家でのあなたとの重苦しい十数日に比べて二十四時間に責任のない此の日々が気楽に考えられます。

★　★　★

手紙がとぎれます。十七日です。時間の切迫といふもの、地方（娑婆《しゃば》のことをかう呼びます）では考へられない程で、暇は一日に二時間ばかりのトギレトギレがあるばかりです。かうして手紙を書いている時、あなたの顔を憶ひださうと努めますが、かすれるのです。嫌ですが、頭が自分の頭でなく、自分の生活が自分を持っていないのです。何よりも先づ自分が陸軍砲兵二等兵山本利であって、同盟通信社員ではないと気付かなければならないのです。上官を見ても、ああ、いるわいと思ふだけで、ピリッと敬礼するのがをかしくなるのです。今もまたあなたを考へています。こちらへ来る前、僕はあなたを無理矢理求めましたね。嫌だったでせう。僕も自分をどうしていたらいいのかわからなかったのです。でもやはりあのままで結婚生活に入るのはいい事ではない。今のやうに無理に引き裂かれて僕が鍛へに鍛へられて立派な男になってからやっと大人の結婚生活ができるのでせう。僕は努力しています。まるで犬か猫のやうに上官たちに扱はれてもじっとしています。自分を殺す事。

★　★　★

十九日の朝です。呼集を待つ数分です。朝六時起床にも慣れました。直ぐ裸になって乾布摩擦ですが寒くありません。毛布を畳んで、冷たい水で拭き掃除、六時二十分舎前（兵舎の前）で点呼、それから大砲の掃除、七時半食事、八時半から又演習ですが、兵舎内にいても、洗濯、掃除、裁縫と何かに手をつけていなければなりません。寧《む》ろ《し》演習で大砲をいぢっている方が楽しいです。それ程兵卒の生活はあちらこちらから制肘《せいちゅう》が加へられていて、就寝時間のみ自由の時間です。今日は木曜、もう二日過ぎれば又母に会へます。それはまことに嬉しい。二日過ぎに外出が許されるでせう。三月末あなたの出広を心から待っています。あなたが自分の近くに思ひ浮かばず、夢の国の女王さんか何かのやうな遠いものに思はれて来ました。女王様、三月には又僕の所に帰って下さい。変な気持ちです。

十九日の夜になりました。夕方父が会ひに来てくれました。あなたの手紙を持ってくるのを忘れたとのこと。封書は、隊へ来ると貰う手続きが面倒ですし、開封される懼《おそ》れもあるのです。

空腹になり始めました。夜酒保へ行って饅頭を喰《く》ふのが楽しみです。

なんといふ粗末な生活。之ならば僕の月給だけで暮らせさうです。

今晩は身を切られるやうに寒い。でも、暇です。洗濯もしなきゃならぬ、今、三時間程の暇を貰ったらどうしよう、皆さう、話し合ってばかりいます。今の目的は一月経って外出を許され、家へ帰って炬燵へ入ることです。之が第一段、第二段は三か月経ってあなたに会ふこと、そして一等兵殿に昇ることです。とぎれとぎれの文ですが、相つぐなってお読みください。ともかく僕は元気です。少尉殿になってあなたの立派な夫となれる日を夢見ています。身体は頑健、風邪もひきません、日記の代りに之を書きませう。僕の書き残す唯一のものです。保存しておいてみてください。

暗い電燈の下四、五人います。残りの三十余人は酒保に、風呂に、洗濯に行っています。銃剣を磨く人、靴を磨く人、仲仲忙しいものです。

大砲には慣れました。一月の終わりに外へ出て演習があるさうです。砲車に乗って颯爽と門を出て行きたい。今、七時です。七時半に厩《うまや》に行って水を呑ませて来なければなりません。お元気で、勉強に専念してください。山脇の一番になって下さい。僕も野砲五聯隊の一番になりませう。

それから、花子母様と南榎木町のお家がひどく懐かしく思はれて来ました。一年余は決してお会いできません。変なものですね。花子母様にどうぞ宜しく、僅か半年来の御母様ですが、十数年来のお母様のやうな氣がしてなりません、さよなら

利

②　昭和十四年二月三日　利の手紙

十日ばかり筆を執りませんでした。お聞きする処によれば、お父様には東京支店の方にご栄転との事でおめでたうございました。でも、小樽でご病気でお母様にはそちらへ参られたとの事、大変ですね。百合さんも東京をひとりに委されて色々ご心配の事でせう。今、東京の牛込の暗い道が不思議に懐かしく思はれてなりません。遠い昔語りのやうにしか今の自分には思へないのです。気分が随分引き離されたものです。昨週は、百合さん、お手紙を呉れませんでしたね。日曜の午後、母が来てくれましたが、あなたからのお手紙がなくて寂しい思いをしました。あなたの前信は、二十日近くも内懐に収めて時々出して見ていた為にぼろぼろになって了ひました。

二月に入りました。相変わらず水は冷たく、水と油とで手がひび裂れて右等は物が掴み難くなりました。二人で今日は歌舞伎座、明日は帝劇等と車をとばしていた日が夢のやうにしか思はれません。

昨日は五里行軍で背囊《はいのう》を負うて駆歩《かけあし》は全くへばりました。行軍しながら、歩いている人々が憎らしくさへなってくるのです。兵の行軍は中学校等のそれとは随分違ひます。背嚢が重い、休息の時間が殆どなく、帰営しても直ちに他の仕事に移るといった調子です。でも元気。

身体の吹き出物も何時の間にか引っ込んでしまいました。

不寝番といふ仕事があります。午後八時から、午前一時過ぎまで、寒風吹き曝しの廊下に立つのです。決して座ってはならぬ、居眠れば営倉です。辛いです。

で、就寝は、一時半から六時まで、起床が辛く睡眠時間の貴さが初めて解ります。不眠症もかういふ激職に出遭うとふっとんでよく眠り、よく喰ひます。三月に健啖さをお目にかけたく思ひます。ぼた餅の十や十五、お目の前で平らげて見せませう。さふいふ次第で人間が少々賤しくなって来ましたが、よく働きはします。下婢の仕事でも何でも出来ます。食事、掃除、洗濯、総て自分の事はひとりでやるのですから大したものです。

二月十一日までには外出可能になると思ひます。自動車で家へ走らせて、風呂へ入る、山海の珍味を喰ふ。炬燵で寝る、之が最大の幸福だと今は思っています。小なる快楽です。

松竹少女歌劇のプログラム

今夜は眠い。
又、お便りお忘れなく、ジューリヤよ、
帽子はいい、よく合ふのを貰ひました。その代わりに靴が破けて歩くと砂が入って痛い。
二月二日夜
陸軍砲兵二等兵　山本利
百合の君へ

③　昭和十四年二月九日　利の手紙

ご多忙と存じます。一月三十一日附貴翰、二月五日、母より面会時に受け取りました。流石に嬉しかった。ピアノは僕も共々に喜びます。しっかりやって下さい。あなたのピアノをソファに寄りながら、聞いてみたいのが念願です。あなたの美しい字も見たい。あなたの手前で茶も飲んでみたい。

今日の日課をお知らせしてみます。

夜中にたたき起こされて、舎前に集合、四時です。巻脚絆に帯剣です。直ちに比治山へ駆け足で行きました。眠くて、寒いが、三十分も走るといい気持ちです。六時に帰って馬の手入れ、馬蹄を洗ふ水が冷たい事。手を切られるやうです。七時朝食、冷たい味噌汁に麦飯が仲々うまいです。八時半から十一時迄演習。大砲を出して砲手の演練です。八十名ばかりの兵の中を四班に分けて上手下手の順に並べましたが、自分は第一班に入りました。よかった。正午前に又馬に水を飲ませ、飼ばを與へます。昼食。今日は休みで午後三時間の暇がありましたが、洗濯、風呂等に大部分を失ひ、わずかに酒保の為に割き得ただけ。汁粉、うどん、パン、納豆、饅頭と、これだけ食べてペロッとしています。この食慾をお目にかけたい。健康になりました。不眠も直りました。仲々いい、でも寒いのはやりきれません。手が痛い。

今度の日曜は外出できるかも知れない。家でも手ぐすね引いて待っていてくれます。午後の暇に小樽（百合子の父の入院先）へ一本書きました。乱文で失礼しました。消灯九時半後、十一時迄食堂で勉強しますが、眠くて辛い。

身体上の苦痛が翌朝伴ひます。幹部候補生は仲々難しいです。第一中隊第一班第一席に座っている山本利は、何でも山本、山本で気骨も折れます。そろそろ室内でもきつくなって、鉄拳も飛びます。危険です。暮らし難くなりました。今夜は寒い。早く寝ないと風邪をひきさうです。又、十一日、あなたの手紙を母が持って来てくれる事をまっているのですが、

お休みなさい　牛込のあの部屋を思ひ出します。

利

④　昭和十四年二月二〇日　利の手紙

拝啓　昨夜遅く迄勉強して寝込んだ夜中、不寝番の電報の声に起こされました。驚いて聞いた電報は、お父様のご逝去を告げてをりました。

何とびっくりし、且つ悲しんだことでせう。回復の途に就かれたと聞いていたお父様ですもの、まさかと思っていましたのに今日、此の報を得て、利は非常な空虚さに浸っています。

兵営に居る悲しさには一歩も営外へ出る自由を与へられません。第二のお父様を獲て喜んだのも束の間、今日忽《たちま》ちにして又失ふの悲しさに打当たりました。

思へば昨年の暮、ニューグランドで壮行の会を作られたお父様が切々として、私に情愛の籠った激励の辞を与へられたのが私のお父様とお会いした最後でした。お会いしお話しした機会のいかにも少なかったのが、私は残念で堪りません。いいお父様を失った。堂々二年後退営してあなたと一緒になる日をお父様に見て戴く事ができなくなりました。

昨日迄暖かく照っていた冬の日から今日は曇って又元の寒さに戻りました。

この日まで、ぼうとして何を考へて何を働いているのか自分にも解りません。只命ぜられる儘《まま》に動いているばかりです。

隣席にいて、元気よく一緒に働いていた戦友が、二、三日前、急性肺炎で急逝しました。寂しい話です。近頃何となく身体がだれてきました。でも、この兵営にも楽しい場所を見出しました。ともかく元気です。

お父様の御訓へに従ひ元気で国家の干城《かんじょう》（盾）となりませう。お母様にもどうぞ宜しく、お寂しくなる事とおもいますが、お力強くお暮し下さるやう祈っています。

利

色々お寂しい中にご多忙でせう。何と言ってお慰めしたらいいか言葉を知りません。僕も飛んで行ってお葬式にも列しお力添えも致したいと何度思ったかしれませんがそれも絶対に許されない事です。

一日非常に暖かだったりすると、すっかり春の気を覚えて安心するのですが、次の日に又寒々とするので油断がなりません。東京の牛込のお宅の様子が何だか目に浮かんで参ります。

今日は日曜、父母が東京で叔母と祖母と従妹弟達が面会に来てくれました。衛兵の目を隠れて持参のご馳走を戴くのです。叔母がお葬式の次第書を持って見せてくれました。

今日、僕らの中隊に赤痢患者が出て、到頭この一週間余り外出禁止、面会禁止の封鎖状態に閉じ込められました。困った事です。昨日はチフスの予防注射で皆熱が出てしまひ、一日中布団に押し込められてフウフウ言っていました。今日も胸が大きく腫れて痛みます。

辛い中にも、軍隊の面白みが解って来たやうです。

愉快に、何も考えないで身体を動かしていればいいのです。大砲の操作にも慣れて来て目の前を横行するタンクを狙って之を「ヨーシ、ヨーシ」と呼びながら照準する事は愉快な仕事です。ただ、門を出た事が、前後四回のみで無暗に之を出たがります。例へば今日も門限の掃除がありましたが、自分は自ら之を望んで出た程で、掃除でさへも営門を出たがるのです。

幹部候補生の試験が三月半ばにありますが、自分の不勉強が気に掛かってなりません。

でも、何とかなるでせう。

消灯時刻になりました、さよなら
利

⑤ 昭和十四年二月二五日　利の手紙

どう？　今日は二十五日、靖国神社臨時大祭で午後は休務です。風呂上がりに春風に打たれながら、認めています。

二十一日、戦友たちが第一線に出て行きました。おたがいに、有難う、お元気でと、挨拶を交わすだけですが、行く者に比べて行かれる者はひとしほの寂しさに胸を打たれて熱いものがこみ上げて来るのでした。三十五人の戦友中、残った者僅かに八名。八名で十二頭の馬を洗ふのは大変です。寂しい、忙しい、しかし、なんとなく落ち着いた生活に浸っています。二十三日の日曜は外出。家で鱈腹すき焼きを喰いました。

（中略）

「キュリー夫人傳」を読まうといふ心掛けは非情に結構です。大いに勉強してください。確かに私たちの生活にはいろいろの途があると思ひます。斉藤様のそれ、岡崎様のそれ、私の父母のそれ等に近くに見られます。まあ、どうなる事か、ともかくのんびり暮らしませうね。かく申す自分も少々の事にはくよくよしなくなりました。頰の一つや二つ、なぐられてもひどく叱られても動じません。

この頃は馬術をやっています。なかなかに面白い、然《しか》し、尻の痛いこと、足を曲げて歩くやうな始末です。ですから、長靴、さっそうではありません。ドタドタと歩いています。ではまた、さようなら、色々お話しがお会いした時にあることでせうね。

お元気で。

山本一等兵

百合子さん

昭和十四年春

⑥　昭和十四年二月二十六日　百合子の手紙

お懐かしき利様

お手紙うれしく拝見いたしました。

昨日より、靖国神社の臨時大祭でございますから、今日お昼頃、晶子を連れて九段へ出かけました。昨晩は、ラヂオでも大祭の実況を放送いたしましたが、前田アナウンサーのあまりにも上手な放送に私は聲を放って泣きました。弟達もしんみりとして頭を垂れてをりました。アナウンサーも泣き声でした。

神社の前で誰が泣かない者がございませうか。その神社へ今日参りました。只々頭を垂れるばかりでございました。

隊の方々、ご出征になり、又々その中のどなたかがいつかは戦死なされ傷つかれると思へば、あなたもどんなにか感慨深くいらっしゃいませう。

お忙しい毎日　どんなにかお疲れになりませう。お肩をもんで差し上げとうございます。午後、又　外出　デパートへ買い物に一人で参りました。母とかはり番この外出ですの。親類に慶事が多く、母もお喜びばかりで歩いてをりましたので、私は今日までずーーーーっと主婦代わりをしてをりましたの。

でも、今朝はお手紙を拝見しましたり、母が家におりました事やらで何だか母にあまへたくなって随分すねたりして一日とうとう自分勝手をして過ごしました。

母がおりません時はとてもすまし込んでをりますのに。どうも母の顔を観ますととてもあまえてこまらします。自分もまだ案外　赤ちゃんだと思ふとおかしくて仕方がありません。晶子が、母のお乳にさはりに行くと、私もさはりたくなりますもの。

（中略）

ではではお目にかかれますことを楽しみに毎晩夢見ることでございませう。

サヨ——ナラ　　百合子

⑦　昭和十四年三月十日　利の手紙

永らくご無沙汰、今日は陸軍記念日。第二回の外出です。午後一時衛門を出て同四時帰営。僅か三時間です。

家へ帰って牛込の家の庭で撮られたまだ女学生だった頃のあなたの写真を何度も眺めました。本当を言ふと時々あなたの姿を思ひ浮かべやうとするのですが、どうしても映像になってくれない事があって悲しくなります。

で、写真を小さく切って胸のポケットに収めました。二階に上がってディアナ・ダアビンの『I love to whistle』をかけました。なごやかな三分間でした。

父母、祖母、従弟妹達が迎へてくれました。白いご飯が嬉しい。ひとりでゆっくり入る風呂が嬉しい。

軍隊にも充分慣れました。自分はなんでも最初の一か月は未知の世界に入ると、マゴマゴして苦しむのですが、それに慣れてくるとその世界の中で充分手足が伸ばせるやうになって来ます。大学に入学した当初も困ったし、同盟でもさうでした。でも、数か月経つと、そこでの第一人者になることが出来たのでした。ここでもさうです。班の中で働く事は多くはないけれども、充分第一人者の地位を占めています。

嬉しいお便りを差し上げましょうか？　第一中隊に幹部候補生志願者が百名足らずいますが、現在僕はその第二位に在るさうです。父が喜んでいました。「どうだ、もう少しガンバって一番にならないか」と言ひました。僕もそう思っています。

なにしろ、天下の秀才だ、退営したら同盟ですぐ外国へやってくれると父は約束していました。

どうです、『独乙《ドイツ》　伯林《ベルリン》にて　山本同盟特派員発』となるかもしれないのですよ。楽しいことです。それを考えて『コブを出して』（努力することをここではさう言います）います。

それから、大砲の砲手の二番砲手になった事を報告しましたかしら？

大砲には一番から九番迄の砲手が付きます。僕は十門の中、第三分隊の二番砲手になりました。「二番」は眼鏡を覗いて照準を付ける砲手中の最重要位です。ですから、砲手班百名中の三番目に位しているわけです。

えらいものでせう、

父母からお葬式の模様等承りました。如何ですか、その後のご様子は？　お寂しい事と思ひます。

なほ、その時花子母様が百合子を離すのは寂しいと言っていらしたとか、自分もさうだろうと思います。けれども、あなたにお会いしたくもある。

四月初旬には幹候試験が終わります。未来の少尉殿への途が拓けるか否かが決せられます。気持ちも勤務も楽になって来ます。

どうでせう、その時お会いする機会を持てないでせうか？　あなたの卒業式の辺りが僕の試験の日に相当します。この試験を終へて一度御出広なさいませんか、黒い顔、太い指をお目にかけませう。ほんの十日程で結構なのです。如何でせう、

もう数分後に馬の手入れ　御機嫌よう　　　利

⑧　昭和十四年三月二九日　百合子の手紙

当時彼女は十八歳、前年姉の欽子を、肋膜で亡くし、この春、父達《とおる》を、脳出血で亡くしている。

日増しに春めいて参りました。

希望の春でございます。私も何時までも悲しんでばかりは居りません。

二十五日は、五・七日の供養を、二十六日には鶴見の總持寺へ納骨に参り、ほっと致しまして、私まで落ち着いてしまいましたの。

お試験お済みになってお目出度うございます。きっときっと主席でいらっしゃいませう。

　私も無事卒業させていただきました。

成績なんかどうでもよいと思ってあんなに勉強しませんでしたのに、四番である事がわかりますと、もう少し真面目にすればよかったと随分勝手なことを考へました。

　卒業式の事、お話し致しませう。

「君が世（ママ）」が済んでから、卒業生證書授与の時、アイウエオ順に読み上げられますと、一人一人スッスッと立ちます。そして総代が校長先生の前でお辞儀しますと、私達も頭を下げて畏まって頂きます。その後で校長先生のお話がございました。こんなお話『卒業すると皆さんはすっかりきれいになられますが、自分の美に負けない様に』とおっしゃいましたの。女学校の先生らしいと思ひます。

私は、大丈夫、心の美の方を多く求めてをりますから。

心の美さへあれば外面の美なんかに負けるはずございませんもの。

終わりにこんなことおっしゃいましたの。『今度の卒業生は、これこれの寄付をして下さって有難う。此の式場に居る在校生も来年の卒業の時はより多くのご寄付を願ひます』でおしまひ。皆、思はず笑ってしまひました。そして他の先生のお話しも皆『校風の発揚は自分達の利益に成るといふ事をよく考へてよい行いをする様に』といふことばかり。利益！　なんていやな言葉でせう。もう卒業してしまってこんなこと言はれなくてすむと思ひますとうれしくなります。でも、先生は個人に対しては、ほんとうによいものだと思ひますの。

父の葬儀の日に級主任の先生がお出で下さいましたが、その時もそう感じました。いつもは冷淡過ぎる先生ですのに、この時は色々力強く慰めて下さって、お母様！って申し上げたい程でした。卒業式の日も私には色々とおさとし下さったのでした。校長先生にご挨拶申し上げた時も、しっかりやれと色々おやさしくおっしゃって下さいました。ですから、職員室へお別れのご挨拶をしに参りました時など、今まできらいな先生でも、何もお習いしていない先生でも、皆様何かおっしゃって卒業を祝って下さいますと、もうどの先生も好きになってしまってお別れの辛さをしみじみ感じて思はず落涙致しました。卒業式で泣いたのはこの時が始めて（ママ）でした。泣いたりしてつまらないとお思ひになりませうけれど、私はこの気持ちをいつまでも忘れませんから、ほんたうによい思い出になってうれ

しいと思ひます

二十六日の夕方、お父様にお目にかかり、一時間半の間お話し致しました。あまりお目にかかる事をうれしがっているので、母はびっくりした程でしたの。駅でもお送り致しました時は、どんなに連れて行っていただきたかった事でせうか。汽車が動き出してからも小走りについて行くのは私だけでした。いいお父様、大好きなお父様と心の中で言ひながら何時もお別れいたします。

今度、四月二十九日には利様外出遊ばすと思ひますからそれまでに広島へ伺いたく存じます。それより遅くなりますと、五月二十九日は父の百か日で帰らねばなりませず、あまり短くなりますから、そのつもりにしていてよろしいかしら、それ以上お待ちするの出来そうもございませんもの。

母は元気で毎日外出致しますので、私は留守番、小さい人たちの好きなお菓子等作ってをります。

一か月お休みしてをりましたピアノにもこれから参ります。こんなにお休みしては前途覚束無いものです。

母は私にこんな事申しました。

『よく最後まで努力しましたね。大抵の人ならそんなに身の上に変化のあった時、家事科なら尚更の事、学校を止めてしまふのに、ほんとによくしました』って、卒業したことを褒めて下さいましたの。あたり前の事ですのに、母にこんなに言はれます事は誰に祝いを言はれるよりもうれしく有難い事でした。親ってほんとに優しいものですのね。早く広島へ行って利様とお話ししていらっしゃいと何時も申されます。

では、お目にかかるのを楽しみに、お話ししたい事、山のようにございますから、

では益々お元気で　サヨーナラ

三月二十九日　夜

未来の？？百合子

未来の少尉様

弟達皆進級致し、元気で手に負へませんの。

勉強させますのが、一苦労　これも姉の役目

⑨　昭和十四年三月二九日　利の手紙

大変ご無沙汰したやうです。お引越しなどどうなりましたか？　こちらは、幹部候補生の試験も終わり暇ができましたが今度は来月二日から、一期の検閲といふ奴が始まるので

教練が甚だしいです。昨二十八日は朝の六時から七時迄、八時から十六時迄、十九時から二十一時迄と凄い訓練です。夜間対撃などは仲々難しい。昼間は空砲を討ちましたが、相当耳にこたへます。もう、暖かいので、汗が頭を伝って身体中ジドジドになります。

二十六日の日曜、外出して弟も混へて家で愉快に半日をくらしました。

幹候の成績は明確な所はわかりませんが、十中八、九迄パスです。中隊八十人中試験初日は四番、二日目は一番に昇ったさうです。その後の結果は未だ不明です。お喜び下さい。初年兵三十数人の気持ちが全然一致して暮らしいいこの頃になりました。例の一期の検閲といふ奴が終わると、「星」が増える筈です。それが四月八日頃、その頃幹候の結果もわかる筈です。更に四月中旬、同僚達のほとんど全部が戦地へ行きます。感慨無量なものがあります。幹候だけが残って広い班の室を十人足らずでやっていくのは、次の初年兵の入る五月一日迄といふものは辛いさうです。

五月一日から幹候だけがひとつの室に入って相当楽になります。襟章の左側に丸に星の印を附けて颯爽たる幹部候補生ができる筈です。どうです？　その頃御出広なすっては？　星がふたつになってから、お目にかかりたい。

演習場の片隅に菫に似た小さい花が幾つとなく咲いていました。暖かな演習場の木陰は又となくいいものです。あなたをいつも思ふ、小さいこの花をたはむれに摘むのもあなたをそれとなく思へばこそ。

街に見える娘の姿も軽やかに華やかになってきました。自分の気持ちも軽くなって来ます。五月になれば、お会ひしよう、乗馬姿でお会ひしよう。

色が黒くなって帽の入る所に明瞭な線ができました。「埃にまみれた髯面に」といふ愛馬進軍歌がありませう。あの通りです。毎夜あの歌を唄って厩へ行きます。もう、この生活に慣れた為か、何とも感想がなくなって了ひました。

今は肩の星がひとつひとつと増してゆくこの一年余を考えているばかり。ここでは「人間ができる」とよく人に言はれますね。まあ、そんなものかもしれぬ、けども大した事はない、ぼんやりと暮らすばかりで頭が少しぼけてくるやう、心静かになったこの日頃、又あなたが思はれてなりません。

利

⑩　昭和十四年四月二日　利の手紙

お手紙有難う

今日は第一期の検閲といふ日で之が済めば、一等兵になるのです。夜風呂上がり、桜の木の下を歩めばそぞろいい気分です。

お喜びください。幹候の結果が判明、聯隊で第二席です。どうです、あなたの僕は偉大なる秀才ですよ。学校も無事終わった。兵役も聯隊千名中の第二席だ。少々胸を張って歩かうと思っています。あなたも誇って下さい。一歩一歩高みに進んでゆく僕を

（中略）


これで、五月一日、一等兵、七月、上等兵、九月、伍長、同時に豊橋練兵学校に入校、十月、軍曹、翌年三月、曹長、見習士官と進めるのです。

昨年は、二日に一度お会いしなければ気の鎮まらなかった私達でしたが、此度は、百日を隔てました。お会いした時の私達がどんな態度をとるだろうか、それがひどく、楽しみに思はれます。

ともかく軍隊生活に洋々たる前途が拓かれました。山本利は「中隊一」だといふ意気に燃えて元気一杯やっています。

天長節よ　待たる
母様に宜しく、牛込のお宅が懐かしい。

昨日は僕の誕生日、母がお赤飯を結んで面会に来てこっそり食わせてくれました。おいし

かったこと。
お互いにしっかりやって、この一か月を早く経たせませう。お会いしたい

四月二日　　利

⑪　昭和十四年四月五日　百合子の手紙

今、十二時、一度床に入りました。でも、すぐ飛び起きて、このお便りを書きだしました。いても立っても居られませんの。

つい今まで、戴いたご本「大地」を読んでおりました。一部も二部も私の心を躍らせませんでしたが、三部の最初から米国より帰って来た淵《ユアン》が父王虎《ワンフー》に会いにゆくまでは、なんと私の心を生き生きと希望に溢れさせたことでしょう。只、うれしいのです。胸が高鳴っております。

就寝前、鏡の自分の顔を見ました時、何と私の目は輝いていたことでしょうか。（私はこの頃、寝る前に鏡を見ます。それは今日一日どんなに過ごしたかを自分の眼によって知る為です。そして少しでも憂いの色の見えた時、明日こそ満足の出来る日を送ろうと思い、

安心の出来る眼を見れば、快い夢路であなたにお会いできると信じておりますの）

うれしくてたまりません。日本の美しさ有難さをしみじみ感じ、自分は日本人であると言う事を深く感謝いたしました。

こういえば、きっと、校長先生がお喜びになりますわ。先生は外国の新思想にかぶれるとか、日本ほど良い国はない等といつも言っておられましたから。

いいえ、私はこんなことだけがうれしかったのではありません。今日、お菓子を作って来客に出しましたけれども、失敗の出来損ないになりましたの。その作品は二度目で最初の時は大好評を得て大自慢しておりましたのに、どうしてかしらと色々考えてその原因がわかりましたこともたいへんうれしいことですの。

おかしな子でしょう。でもでもまだ大きな喜びがあります。それはご本を読んでおります間中、何につけても常にあなたを念頭より離していないと言うことがわかって言い知れぬ喜びが胸を満たしております。

父の事から少しづつ心が落ち着いて参りましたので、しみじみ感ぜられますが、私はこうして離れているほど、その念に耐えませんの。お正月、お会いした時の倍も倍もお慕いしております。それは、母にお聞きになればよくお分かりになるでしょうよ。母には屡々《しばしば》からかわれますもの。

昨日、四月一日はあなたのお誕生日でしたのね。本当の日は二日？　何しろおめでとうございます。輝ける前途を心からお祝い申し上げます。エプリールフールの日でした。その夜、母の申されることが面白いのです。

「お母さんは言おう言おうと思って、とうとう夜になってしまって、本当に惜しいことをした」とおっしゃいますの。何かしらと思いましたら、「利さんから、すぐ来る様にって電報が来たと喜ばしてあげようと思ったのに」って。後で嘘がわかった時、可哀そうだったので言えなかったとは、お母様らしいでしょう？　この母の心の中の方がどんなにうれしかったでしょう。お蔭で一日中が愉快な日に感じました。このような楽しい毎日を過ごしておりますのよ。その後であなたより伯父の祝いの電報を戴きました。ありがとう存じました。私達も心から喜んでおります。でも、何かしら胸につかえるものがございますのをあなたはおわかり下さいまして。

夜も更けました。今日はこれだけ、おやすみ遊ばせ　四月二日と三日のさかい目で、床の上でこんなきたない字になりました。

・・・・・・・・・・・・・・・・・・・

今日は四日、姉の命日ですから私は雑司が谷の墓へひとりで詣りました。そして交々の思いで帰宅いたしまして、ポストをのぞきましたら、お手紙が入っておりました。有難うご

ざいました。飛んではねて喜んでおります。お目にかかれるうれしさよ

大地も全部読みました。良いご本でした。大分得る処がございました。愉快な毎日が過ごされます。

どんな態度でお目にかかるかが楽しみとおっしゃいますのね。そう、前もっておっしゃると、私どうしてよいかわからなくなってしまいました。

四月五日　起きてみましたら、雪で真っ白　これからだんだん年の暮に向かうような心細さ。今日はひとりで通り三丁目まで、買い物やら色々予定がございましたのに、あまり冷えますので、風邪をひいてもつまらないと思って諦めました。

でも、ピアノのお稽古だけは、午後一時より先生の処でいたしました。先生はとても良い方ですからそのお傍にいます間が実になごやかな楽しい時間でございます。もう、卒業しましたので、家での練習を午前中は二時間、午後は一時間するようにとの事、とても忙しく感じますが、無駄の時間がきっとなくなって充実した日々を過ごせる事と喜んでおります。もうすぐ「バイヤー」一冊終わりますのよ。それさえ済めば後は色々面白い曲を教えて戴きます。

お忙しい毎日　どんなにかお疲れのこととお察しいたします。

母がお便りしたいと何時も申しておりますが、

忙しくてなかなかですの。悪しからずよろしく申しております。

私の利様

⑫　昭和十四年四月十三日　百合子の手紙

利様　ご無沙汰いたしました。

今は一番お忙しい時で、毎日どんなにかお骨折りでいらっしゃいませう。先日、朗様の御写しになったお写真頂戴いたしまして、お目にかかった様な気が致しまして、一入お懐かしく存じます。朗様より、よく召し上がるのでびっくりしているとのお便り、思はず微笑みました。

お母様よりもおやさしいお便りを戴きました。そして十二日お父様に御目もじ致しほんとうに広島へ伺いたくてたまらなくなりました。御夕食を上野の精養軒で花を見ながらご馳走になり、向島の櫻もドライブしながら見せていただきましたし、とてもとても楽しうございました。今夜十三日にお帰りになりました。今そのお見送りよりかえって参りましたところ利様とご一緒ならばよいのにと思はずにいられません。

今も母と二人であの暗い道を歩いて参りましたのよ。母は暗くてきび悪いと申しますけれど、あなたとご一緒の時、一度だって私そんな気持ちになった事はなかったと心の中で言いながら通りました。・・・新しく求めた帽子をかぶって・・・そうよ、この帽子でお目にかかりませう。

ところがそのお目にかかる日でございますが、お父様のお話しでは、御祖母様が五月に入ってからお出ましになりますとかその時方々ご一緒に百合子がお供した方が良いからお祖母様の御帰広の時、百合子も広島へ来る様にとおっしゃいます。お祖母様のお供はうれしい事でございますけれども、二十九日にお目にかかれませんこと、残念でなりません。

（中略）

昨日ピアノのお稽古に参りました。上手になれば、グランドピアノで弾かせていただけるのですが、昨日はたいへんよく弾けたと褒めて下さってグランドピアノでも何度も弾かせていただきましたの。とてもうれしくて・・・

でも一週間同じ曲ばかり弾いてをりますと、晶子にまでそのふしを覚えられてしまひます。早くそんなに覚えられない様なむつかしいのがしたくてたまりません。又、同じの？と言はれますと、くすぐったくて笑い出してしまひます。一日三時間は相当つらいと思ひますが、きちんきちんとしますと、自分でもわかる程、よく弾ける様になります。

庭の海棠《かいどう》の花が赤くふくらんで今にも開きそうにしています。枝ぶりの良いのを切って明日床に飾りませうかと思っております。

この家の庭には花が多く楓もとりわけ美しく彩りますし、そんなのを見ましては、もう、引っ越しが出来なくなりました。引っ越しに色々心配するのもいやな事ですし、このままでいられたらと今、色々考案してをります。

今日は、又、雨　花はもうだめになってしまひましたでせう。広島の花も、散りましたでせう。今夜は私の伺います筈ですのに、なかなか思ひ通りになりそうでございません。

お忙しい中は、お便り下さらなくて結構　お元気でね　サヨーナラ
おなつかしい利様　　百合子

⑬　昭和十四年四月十七日　利の手紙

現下の怱忙《そうぼう》さを詳しく申し上げませう。あなたに「お忙しい時はお便りなさらなくて結構」と言はれてみて成程長い間筆を持たなかったわいと思ひました。

実はこの十日ばかりかうでした。六日午前八時広島発行軍に出ました。第一日目は、八里、第二日目は、六里、三日目、六里、四日目九里と、九日に聯隊に帰る三泊四日行軍で三十里ばかり歩いたのです。砲兵の行軍は実に辛い。四十分で一里歩いて二十分を休むのですが、休止は馬の為に在るので、人の為ではないのです。ですから馬に水を與へる、腹帯を緩める、脚を摩擦する、等々で二十分は瞬く間です。第一日から、足裏に大きなマメを作り、衛生兵殿の荒治療（マメをつぶしてその水の代わりにヨーチンを入れます）で何とかしのいで最後までついて行きました。

そうです、この最後までついて行くといふ強い気持ちを僕は持っていました。之を発見したのは嬉しかった。夜もろくろく眠れない日が続き、日中は歩き通す、然も、人に遅れないでついて行ける、これは嬉しい事です。最初の夜は、田舎家に厄介になりました。大変よくして貰いました。「兵隊さん」は仲々皆に楽まれます（ママ）。久しぶりの白い飯、蒲

宮島（厳島）にて　親戚一同と

前列左が朗、後列左が父・実一、三番目が祖母・クニ、利、百合子、母・弘子。

団、風呂で楽しい一夜を結んだことでした。第二日は、小学校の校庭に馬をつないで、講堂にゴロ寝でした。第三日は又民家。辛いけど面白い行軍でした。第四日は、江波――宮島――広島の海岸線コースをグングン歩度を伸ばして歩きました。九里を八時間ですから凄いものです。宮島の駅には、折柄の日曜で観光客が一杯、あなたと一緒の時の厳島を思ふともなく思ひ、いつになったら又宮島ホテルの晩餐がとれるだらうと考へても見ました。さて、九日帰着、十日は休養、十一日は大砲祭、大砲をお祭りして汚れを拂ふのです。母や弟と営庭を歩き、櫻の満開を楽しみました。弟とはこの日で別れました。寂しいと思ひました。

十三日は再び行軍、原村演習場への八里の道を歩きました。

十四日は待望の実弾射撃、ニュース映画等でご覧になったでせう。砲身がぐっと下がる、山腹にパッと土煙が上がるといふ景を描きました。この射撃は実に面白い。よく當ります。山腹にトーチカ型の目標を設けて千五百メートル辺りの距離で撃つのです。

十五日も実弾射撃。面白いものです。

射撃を了り、大砲を掃除してから一時間ばかり昼寝をしましたが、土の上の気持ちのよかった事。

十六日帰隊。今足に又マメを作って足をひきづっています。

十五日に一等兵になりました。「山本利以下六十数名今般四月十五日附を持って砲兵一等兵を命ず」といふ奴です。流石に肩の星が増えたのを見ると嬉しい。今日母が面会に来てくれますが、星の二つを見てどんなに喜んでくれることでせう。

十七日今日です。隊に重大命令が下りました。自分の班の初年兵三十五名の中、二十七名が、一線行きで残るところは僅か八名。この少人数で五月一日次の初年兵が入って来るまでを保って行くのです。中々忙しい。

天長節（四月二九日）をどんなにか楽しみにしていました事か、でも、楽しみは後に残す方が宜しい、祖母と一緒においで下さい。でも、故お父様のご法要との間があまりにも短くなって、お会いできる期間が短くなるのではないでせうか。その事が心配ですが、祖母と一緒にお出で下さる事には賛成です。

（中略）

もう、演習も無いし、楽になります。中隊一の山本一等兵は中々に重用されています。ここでひとふんばりしてもうひとり抜けば、聯隊一です。どうですか？

ピアノが中々進んでいるやうですね。嬉しく思います。大変宜しい。それから書物も時々読むやうで結構です。

「大地」の第一部の重点は我々にとっては「阿蘭《オーラン》」の性格に求められます。彼女がその輿へられた運命を其の儘受け入れてじっと我慢しながら力強く生きてゆく、その生活方法の如何が我々の間に問題にされた事でした。かうした型の女性と前に差し上げた「ロベール、女の学校、未完の告白」に現はれたエヴリーヌ、ジュヌヴィエエヴの人達とどんなに遠い事でせうか、あなたはどっちを取りますか、勿論途はひとつですよ。

「息子達」は面白いと思はなかった。王家《ワン》が如何にブルジョア化して行き、乱れた生活を営むかが問題です。之は嬉しくない。「分裂せる家」の青年たちは如何にもハリ切っています。之はいい話です。その生活のしかたが健康なのです。何を目指して行動しているかを考へる時、その生活態度の真面目さが喜ばしいのです。勉強してください。あなたの利は第一流の人物だ、之に劣らぬやうに第一級の女性になってやらうと考えてみて下さい。道はお互いに遠く難い、でも、何となく楽しいものがある。峠を越えた時の二人が伯林《ベルリン》へでも行って手を取り合って歩く時を考へてみませう。

では、五月　必ずお出で下さい。待っています。

利

⑭　昭和十四年四月二〇日　百合子の手紙

星がお増えになっておめでとうございます。

相変はらぬ細やかな立派なお手紙、只々　嬉しく有難く拝見いたしました。どんなにか毎日お疲れでいらっしゃいませう。この中ではち切れるばかりのお元気を失はれない利様はお偉い事。

私も強く生きねば・・・と思はずにはいられません。でも、二、三日外出致しますと、翌朝のねむいこと。おまけに朝の掃除がつらくさへ思はれます。こんなでは誠に申し訳ないと思ひますから、これからはなまけていたラヂオ体操を弟や妹と共に元気にしなければならないと決心致しました。

今、私はできる限りの家事は自分でして、母を楽させたいと思ひます。人によく言はれます。「百合子さんがいらっしゃらなくなればお母様は淋しくなられるでせう」と・・・そんな時、母は、「いえ、その時は私一人でどうにかして、淋しくなんかならないでせう」と申されます。でもこの頃、夜遅くまで二人で色々話を到して（ママ）をります。時折、本当に百合子がいなくなれば淋しくなるわねっておっしゃるのをききますと、私は何時までもおそばにいてお淋しいお母様を慰めて差し上げますと申したくなります。

今日は母達のクラス会の日です。「充分楽しんでいらして下さい。映画へでもお友達とお出でになって夜は遅くても大丈夫」と申しましたら、この通り、今十時ですのにまだお帰へりになりません。でも、うれしそうにお帰へりになるお顔を見るのが楽しみ　こんな気持ちでいますのは私ひとりですの。弟はあまりにも母を思ひません。こんなに遅く・・・とてもきげんが悪いのですもの。弟を母思いの優しい子にしなければ・・・と私はそれが自分の務めに思はれます。それには自分の修養を先にして――短い期間にはそれは実に困難なことと存じます――でも、誠をつくして少しでもよい弟にしてやります。

父が亡き後、中学の四年にもなります弟がそんなにもわからないものでせうか。もう少したてばわかってくるのでせうか。時々泣いてしまふ事もございますの。小さい弟は尚更の事、何もわかりませんの。とてもつらいと思ひます。（母は）「土」の映画が見たいとおっしゃいます。今夜見ていらっしゃるでせう。あんなのは気持ちを落着けてよろしいかもしれませんね。

私は映画に少しも参りません。行きたくございません。今私の願望は、本を読みたいことです。「キュリー夫人傳」求めようと思ひます。きっと得ることがありませう。阿蘭か、ジュヌヴィエヴか、とおっしゃいますのね。

私、父の死に會ってその後自分はどんな子になるのかしらと自分でわからなくなりました。阿蘭の様に我慢強くはございません。むしろジュヌヴィエエヴ、でもあまり極端すぎますもの。もっと適当な表し方ないかしら　探しますわ。

先日、加藤家を訪問致しました。愛子さんと色々お話し致しました。やはり唯一人のいとこの私に何かとお困りのこと等お話しになりました。とてもお気の毒でなりません。私が母と二人きりの生活（そう言へると思ひます）をしておりますのを、とてもうらやましがってをられました。ご結婚にしても私達より後にしたかったとも言っておられました。二十八日までに、もう一度訪ねてほしいと言っておられましたの。とてもお忙しそうでとてもお訪ねできそうもございません。又、今まであまり他家を訪問した事のない私は訪問はとてもよいものだとつくづく感じました。

今日ピアノのお稽古に参りました。お稽古の後、先生のお話を色々と伺いました。「大人の話」でした。斉藤ご夫妻の様な仲の良さは本当に私達の望ましい所だと先生はおっしゃいました。

ほがらかはとてもよいでせう。そこは大いに学ぶべきだと思ひ、私は努力します。でも、斎藤武五郎氏はあまりにも極端です。あんな爆裂弾の様な方、ブルブルブルブルよ。今、岡崎の叔父は支那へ旅行中で、叔母はひとりです。先ほど家にお出で下さいました。私がお夕食の用意をはじめようとしています時、私の姿を眺められて「これからそうして百合子ちゃんが働いているところへ叔母さんが訪ねて行くことになるのね、可愛いこと」ですって。

叔母の生活は私から見ればつまらなそうですの。なぜなれば、一つのことに力を注ぐというものを持っていらっしゃらない神経質の奥様ですから。私もどうもそうなりそうで、とてもこわいと思って注意してをりますの。おかしなことばかり書きました。私、少し自分でかはったと思います。いかが？　では又

お足のおまめさん、早く直しになって下さいませね。お痛いでしょ？

ごきげんよ――

百合子

⑮　昭和十四年五月三〇日　百合子の手紙

またまたお便り書く身となりました。うれしくもあり寂しくもあります。まだねむいのが先に立ち、落ち着いて何も考えられませんの。今もふらふらするのを我慢しながら、台所の後片付けをしましたところ・・・でも、元気いっぱい！　無事に初めての独り旅も案外気楽に帰京することができました。あっけないお別れの為、たいしてさみしいとも感じな

いで車中よく眠り、ひとりで食堂へも参りました。（エライデショ）ねむるチョット前ふとご一緒に乗った汽車を思い出し「ストップ」をして9番か10番かを読んで、声を立ててお笑いになったあなたのお顔を思い浮かべお懐かしうございました。何を書いてよいやらわかりません。ただ安着のお知らせのみに止めましょう。

御地では楽しい楽しい毎日を過ごさせていただきました。お優しいお母様の許に何時までもと思いましたが、残念ながらとうとうお別れしなければなりませんでした。

二九日午後二時、真乗院の法事も無事済ませました。なにかしらほっと致しました。このころでは「墓参」ということは何となく楽しい所に行くような気が致します。父にも姉にも広島の事を色々話しました。「よかったね」と言っておられるような気が致しますの。親戚の者も随分詣って下さいました。有難い事だと思います。

私の日課が始まりました。ピアノも久々で永い間弾いておりました。キーに頬ずりしたい気が致しました。留守の間に、私の作った菊がとてもとても長く伸びて元気一杯の様子で庭を賑やかにしています。何を見てもうれしくてたまりません。元気一杯働きます。嬉しい嬉しいお便りがいただけますもの。

二八日のお別れ！　あの時またすぐお目にかかれるような気がいたしましたので、ほんとうにサヨウナラも申し上げずに来てしまいました。私、何時も兵営とお家とでは全く違った気持ちになってお目にかかりますのに、あの日はお家でお会いする時と同じ気持ちでほんとうに楽しいひと時でした。

今日は火曜日、何時もの面会の日、面会は何と言っても楽しみにしておりました。けれども、門のところで誰に面会という間、いたずらそうに見ている兵隊さんがいるのには何時もゴツンとしてあげたくなる位いやでした。益々アイスクリームの懐かしい頃になりますね。もうすぐ朗さんがお帰りになればお賑やかになります事ね。私又永い事お目にかからない様な気になります。お会いする日が待たれます。七月？　九月？　これでは落ち着きそうもございません。では、今は何も書けません。眠くてフラフラ

サヨーナラ　百合子

⑯　昭和十四年六月六日　百合子の手紙

おはようございます。利様　爽やかな朝でございます。今朝は思い切り働いて辺りは気のすむまできれいにしました。座敷の縁側近くに机を持ち出してペンを持つ手に青葉の風が吹いて参ります。今朝は十時からの何時ものピアノのお稽古が出来ません。弟が明日か

ら臨時試験ですから、そっとしてありますの。庭のサツキが五分咲きで可愛らしく蝶がひらひら舞っております。

広島のお庭のサツキも盛りを過ぎましたでしょうね。芝生がお懐かしゅうございます。よくお掃除の出来たお庭を見てから、帰京後この庭を眺めました時、母の趣味で野原の様に小さな雑草、名のわからない草が生い茂るままにしてあるのを見ました時、又違った懐かしさを味わいました。母は田舎で育ちましたから殊に自然を愛します。その子も自然を愛します。でも、今ではそんなに伸びていますのは暑苦しくなりましたから草取りに忙しゅうございます。青天井下そんなに動かなくても大変疲れます。紫外線が強くあたるのでしょうか。思いがけなく庭の片隅にでもすみれだのたんぽぽだのを見つけて母と共に喜んだり虫のついた菊を見ては嘆いたりしておりますの。兵隊さんも自然を愛していらっしゃいますことは嬉しくて仕方がありません。

昨日のお懐かしいお便りでうれしくて少なくとも十二回くらい繰り返し読みましたでしょう。今までの中で一番きれいなお字でした。本当にお便りさえいただいておれば私は少しも寂しいと思いません。それ位にお目にかかってお話をあまりなさらない利様がよく書いてくださいますもの。あまり何度も繰り返し読んでいて、しかけのお掃除に気づき慌てて済ませ、お昼の用意をして大急ぎでピアノのお稽古に走りました。

昨日のお稽古で一冊が終わりました。でもひとつだけお土産でした。（お分かりになる？）後、三冊求めてこれからはこれを抱えて通います。肩章の増える如く一冊、一冊と進んで行きます。今では品物がなくてピアノはどんなにしても買えません。良い時に求めたことを喜んでおります。昨日は又親類の者のお葬式がございましたので母は出席致しました。

小林房次郎農学博士、ご存知ではないでしょうね。広島の野村さんとやらの小母様も上京なさいましたとか。親類の詳しい関係図解でもしてなければわかりません。

さてお便りのお返事　昨夜床に入ってから色々考えました。あっさり片付けようとおっしゃいますが、あっさりほんとに簡単に出来たら嬉しいと思いますが、お父様やお母様やお祖母様がそれでよいとおっしゃいましょうか。九月はまだまだ暑い盛りでございます。着物のことになりますが、どうしても冬物の様に目立つ様にもできませんし、あっさりになってしまいます。こちらはそれでもかまいません。式を早く上げた方がよいと母も申します。それも秋出来るとよいと申しておりますが、学校にお入りになれば出来ませんでしょうね。お父様は「今は兵隊の事の方が大切なのだから」とお母様にお話しになりながら、私にもお聞かせになった様でした。あの時、私の心ははっきりと決まりましたの。本当にお邪魔になる様では私達の幸福も幸福でなくなります。訓練の激しい学校生活がお済になってからの方がよいと考えて一人で三月と決めておりました。一度はぐらついた私でしたが、やはりお約束した通りがよろしくはないでしょうかと思っておりましたの。黒川さんの小父様もお帰りになって又色々お話しも出ておりましょう。皆様が九月で良いとおっしゃれば・・・そしてあなたが何時かおっしゃったこと「外のことを考えると馬にも乗れない」って、あんなことおっしゃって心配させないとおっしゃるなら、七月でも、八月でも喜んで参ります。こんなはっきりしないお返事しか私には書けません。お許し下さいませ。

今度来ると危ないとは、こわい事。でも私は又危なくない様にすればよろしいでしょう？紅いカーネーションを待っている今の私では何かもの足らないと思っていらっしゃるのはよくわかりますけれども（そうでしょう？）現代の女性は何か自分というものを保ったまで昔の人（知りませんけど）の様に自分を忘れて相手に寄り掛かって行くということをしないのではないでしょうか？　現代の女でありたいと思いますの。お笑いになるでしょう。こんなこと申し上げる百合子を想像だけで考えてみましたが・・・何だか恥ずかしくなりました。

サヨーナラ

うわべだけの白いカーネーション　ホントは紅いこと、わかってくださいませネ

追伸
歩兵見習士官さんにお手紙するなんて申しましたこと、お詫びいたします。出すか出さないかその時にならないと解りません。誇らかな元の気持におかえりになったとのことをとてもうれしく思いました。お別れの二日前に面会に参りました時、たしか「ここでは、山本利はつまらない何でもない人間だ」とおっしゃった時は悲しく思いました。もう、そんなことおっしゃらないでしょうね。お暑くて演習大変でございますね。外で変なもの召し上がってお病気なんかなさいません様に。
アイスクリーム御持参のお母様お待ちかねでしょう。
皆様によろしくお伝えくださいませ。ご無沙汰いたしますから。

⑰　昭和十四年六月十三日　百合子の手紙

明日はお便りの来る日だから、朝早く起こして下さいねと母に頼んで、今朝からお待ちいたしておりました。いつもは七時ころ入りますのに、今日はどうしたのでしょう。あんまりお待ちしていたので、郵便屋さん、意地悪したのでしょう。お昼になってやっと心が

落ち着きました。・・・安心いたしました。うれしゅうございました。何だか叱られる様な気がしていましたから・・・

今、あんまりたくさんの洗濯物をしたので、手が荒れて汚い字になります。ごめんくださいませ。私も昨日、映画を観て参りました。ピアノの帰りにひとりで・・・ひとりで行くなんて初めてです。ひとりで笑い、ひとりで手を握り締めて観ました。「ジョゼット」は外国人のしそうな思い違いから起こる悲喜劇。

ご一緒で見たい場面がございました。もひとつ、「早春」母親の再婚を憤る娘の事。本当に心から母を愛するなら、私だってきっとそうした気持ちになるでしょうと考えながら見ました。でも、私の母なら、大丈夫・・・帰途、久々で見ましたのでなんだか嬉しくて傘を振り振り、広島に思いを馳せ、東京のころを考えておりました。あなたのおっしゃる「新しい人」になる勇気は私にありそうもございません。でも、お目にかかった後の事はわかりませんわ。それに考えてみますと私はそんなに「白」ばっかりを装ってはいませんでしょう？　六か月が十か月になりましたこと困ります。それが終わってからなんてそんなに私は気長ではありません。だんだん困ることばかり・・・一番良いお考えどうですの？

お父様、何とおっしゃってましょうか？　母もご相談しなければ・・・と言い出しました。私は何時でも・・・早い方が結構・・・

梅雨のころになりましたが、広島の方は如何？　今とても蒸し暑くてたまりません。蚊が攻めてくるのに閉口です。まだ、蚊帳をつっておりません。ピアノをしておりますと、少なくとも三つくらい刺されます。今日からピアノらしい練習を始めました。とてもむつかしくなりました。ひと指ひと指自由に動かせる様になるには中々大変だと思います。一年や二年では中々です。家を持っても東京なら今の先生の処へ通う様に出来たら嬉しいと思います。

キュリー夫人傳、半を読みました。とても考えたことがございます。皆読んでからお聞きくださいませね。早く読みたくても化学の本を引っ張り出していると少しも進みません。キュリー夫人は自転車で遠くまで二人で走っています。

お馬！　私ものりたいこと。今夜あたり夢でのることでしょう。よく夢をみます。あなたにくっついている夢ばかり。夕方になりました。食事の用意をします。

今日は何か書くことがとても多い様で胸が一杯ですのにあまり書けませんでした。どうしたのでしょうか？　今ではお便りを待つ気持ちがとてもとても大変なので母が目を回しています。「お手紙が来たから、私がお洗濯をしましょう」という調子ですの。では、今度のお便りでお父様方のお言葉をお聞かせくださいませね。サヨーナラ

ジューリア

ジャービー坊ちゃん

⑱　昭和十四年六月二一日　百合子の手紙

さて、改めていつものお便り

庭のあじさいがだんだんに色づいて参ります。草木は優しいもの。時期が来れば咲き、しぼみ、又芽を吹いて従順な自然の天使！　今の私の気持ちでそれを見て何とも言えぬ清々しさを味わいます。

お痩せになって？　ほんと？　とても心配でございます。そんなにお寂しいの？　お元気お出しくださいね。ほら！　いつかおっしゃったでしょう？ご自分は規則正しい軍隊の生活があるから紛れるけど、そちらはどうして暮らすかと、ご心配下さいましたのね。そんなにおっしゃった方がしょげておしまいになってはいけませんわ。

私は何をするにもそのことが何か良い結果になっ

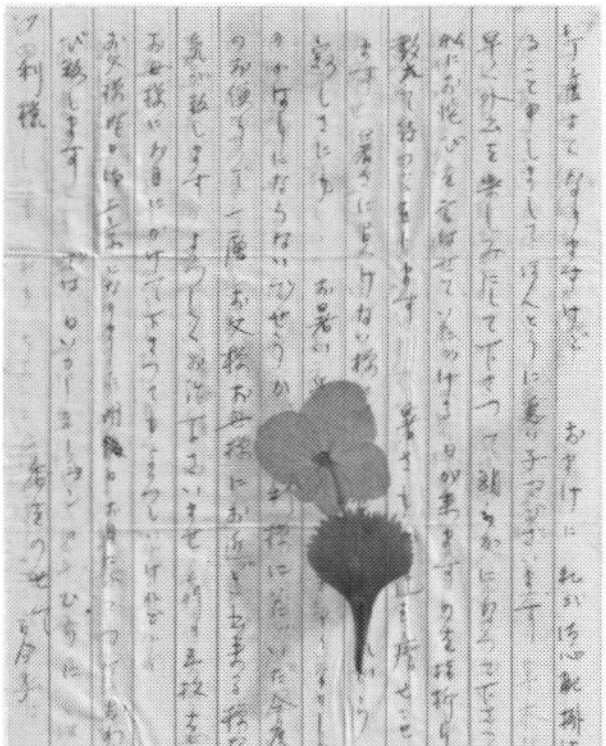

て表れてくることを楽しみに生活しておりますの。とは申しましても、私もちょっと痩せました。でも、私は丁度よくなりますけど。おまけに、私がご心配かけることを申しましてほんとうに悪い子でございます。

早く外出を楽しみにして下さって朗らかになって下さって、私にお詫びを言わせていただける日が来ますのを、指折り数えて待っております。暑さも私を痩せさせます。暑さに負けない様にいたしましょう。それから、寂しさにも。お暑い兵営にこれがアイスクリームの代わりにならないでしょうか？　利さまにいただいた今度のお便りで、一層、お父様、お母様にお近づき出来るような気が致します。よろしくお話しくださいませ。

お父様、昨日ご上京になりました。明日、おめにかかりつつ、お詫びいたします。では、白いカーネーションのひとひらに、香りをのせて　百合子

⑲　昭和十四年六月半ば　利の手紙

ジャーヴィー坊ちゃんも時に苦言を呈しなければなりません。お待ちかねの手紙にこんなことを書いて失礼。

今日、父母が面会に来てくれました。色々お話しをしましたが、おさへている父母の口の裡から之だけのあなたの欠点を聞き出すことが出来ました。人間関係の中には秘密があってはならない。心静かに聞いてください。

なんだか、「あなたを扱う事が難しい」といふ風の口振りでした。それと言ふのはあなたが「着物なんか欲しくない」とKおば様に行ったのを聞いて心配したのです。僕も、あなたが洋服を好んで着物を好まないのか、それとも外部的な装飾品を軽蔑するため、着物を好まないのか、不明で気に掛かるのです。あなたの「家」における地位が不明でそれを僕は心から気にかけています。「家」の団結は固い。父母兄弟四人の結合形態の中に新しい成員《メンバー》が入る場合、その人の行動は実に複雑なのです。お解りでせう。「家」の生活規範をよく呑み込んで「家風」の中に入ると同時に父母と心から融合しなければならない。あなたの立場は非常に困難で、夫が在った場合、夫を通じて妻は新しい家族の中に入って行けるし、夫が之を導き、旧成員の間に融合の役目を果たすのですが、あなたにはそれが無い。つまらない事とも言へますが、母はあなたをどうしたら喜ばせることが出来るだろうかと考へて、着物等を作るのです。お解りでせう。

あなたが父と一緒に散歩したい等と僕に言ってくれた時には実に嬉しかった。「家」の中に入っているなと考へたからです。父母との融合、これは考えて下さい。

それから「家」の中のあなたの持ち場に就いてですが、何とか仕事が無いものでせうか。裁縫等もあるだらうし、母と共に「お茶」「お花」も悪くはなからうと思ふのです。勿論之らはつまらない仕事と言へば言へませうが、それでも僕は「お茶」も「お花」も好きなのですよ。四畳半で「茶の湯」を行ふのを僕は心の静めの尊い一手段としています。ですから、積極的に祖母や母と共に相談すれば一日一日も快く過ぎてゆくのではないでせうか。苦言の後に御答の言葉を送りませう。日曜日でした。今日は、外出して家で又、三、四時間を過ごしましたが、母が、別れの時言っていました。「何か心配事でもあるのじゃない？　だんだん痩せるやうだが」と。

それに答へるとかうなります。今迄楽しかった外出もあなたが去って以来、旧程楽しくなくなった。あれ程楽しみにしていた外出も何だか寂しいのです。お解りでせう。友達にも寂しくなって酒を飲まうと言ふ人があります。それらの人々と大騒ぎをしてみたい衝動に駆られる事さへあります。余程寂しいのですね。

最後に例の（結婚の）時期に就いての御答。冷静に考へて、やはり来年三月、見習士官の時期といふ事に家族会議は可決しました。若し、九月頃挙式したとしても十月に学校だったら百合さんはどうするだらうと母が心配します。百合さんといふ正式の妻が在ったら利は今迄通りに虚心坦懐に軍務に精励出来るだらうか、いろいろのことが気に掛かって今より一層軍隊が住み難くなるのではなからうか、と父も言ひます。確かに正しいのです。来年三月、かういふ事に定めませう。だけど、どうも寂しい。八月末には必ず来てください。九月末には、三日ばかりの休暇があり、汽車で個人個人で学校所在地にいくのですから、ご一緒に東京近く迄参れます。楽しみにしています。その次が年末休暇で東京に出る、次々と楽しみはありますよ。かういふ事を前にも一度書いた事がありましたね。

あなたを獲てから世界が著しく狭くなったと。楽しみの範囲が狭められて、その大部分が皆あなたに向けられるやうになったと。美しい花を観てもあなたと一緒ならと思ふし、旅行などしても一人ではつまらないし、一切がつまらなく、唯一のもののみ価値あるものになって来たのです。之は困った事でもあります。八月末迄残す所一月半を一生懸命やってみます。僕に激励と愛撫の手紙を下さい。それから何かあなたの香りを手紙の中に封入して戴きたい。懐きしめたいのです。お元気で。

利

⑳　昭和十四年六月二八日　百合子の手紙

今日は、二八日。お別れいたしましてから丁度一月。とても長い一か月でございました。

短くすることは、このころの私には中々むつかしいことになりました。稀にもうそんな時間？と思われるときはピアノが思う様に出来て何時までも知らず弾いています時だけ。今まで稽古しておりました。ふと手を止めました時、お隣から聞こえてくる曲が自分のしているのと同じことに気が付きました。私の方がずーーっと後から習いだしたのですから、比べると早いのは私の方らしいのです。でも、お隣の方が随分上手の様に聞こえてきます。競争心が起こって面白いものです。持ち前の負けん気を出しますの。この頃は大変むつかしくなって随分努力しなければ一週間は何をしていたのか分からないことになってしまいます。たった一年間でどれだけできますでしょう。只ちょっとピアノに触ったのみで終わってしまうのではないかと思う時はつまらない気も致しますが、できるだけのことはしたいと願っております。

その後お元気でいらっしゃいましょうか？　お父様はお帰りになりますし朗さんもお嬉しそうにご一緒ですし、お送りいたします前夜も、その夜も、私は汽車に乗ったり、お懐かしい利様と楽しい一刻を過ごす夢ばかり見ておりました。夢に見られた嬉しさのみで我慢しました。星の多くなる前でお忙しくしていらっしゃるのでしょう。私の前の手紙がお気に障ったのではないかしらととても気になりますの。自分もできる限り忙しくしておりますけれども、心は半分も入っていない気が致します。

洋服も和服も作っております。斎藤の子のぶんまで手芸もしております。夜は本も読みます。午前中は家の事を致します。晶子を連れて散歩も致します。広島に居ります時もこのようにしようと思えばいくらでもできました。

利様のおっしゃる様にお花もお茶もさせていただけたのでしょうけれども、それでは、全然自分自身のことばかりになってしまいます。それではお母様のお手伝いにならないと思いましたから、お願いいたしませんでした。袱紗も懐紙も用意して参りました。そしてお祖母様にお教えいただけたらと思っておりましたけれど、お疲れのようでございましたし、一か月では短いからとおっしゃったりして、先生の処へも参らず、すんでしまいました。今度伺いましたら、あんな下手なことはしないつもりでおります。自分の仕事をしてよろしいのでしたら、いくらでもすることはございます。今まで行っておりましたお習字の先生あまり上手とも思われませんし、好きでもないので、自分で勉強することに決めました。本屋へ行って好きなお手本を求めて自分の手を延ばす（ママ）ことにしてもよいのではないかと思います。

この頃はあまり熱いとも思われませんが、雨中の演習はやはりお困りでしょう。乗馬の

お姿拝見したいものでございます。学校が習志野かも知れぬとお父様のお話し、ほんとうでありますように祈ります。

今、盛りのあじさい、まだよく押せていませんがお送りいたします。庭をお思い出して下さいませ。気候不順の折から、お身体くれぐれもお大事に　かしこ

百合子

㉑　昭和十四年七月一日　利の手紙

七月に入りました。

梅雨期の蒸し暑さが頭脳を混乱させます。

六月末、新しい兵隊達と行軍に出かけました。毎日六里づつ三日間です。暑い、暑い、今度は新しい兵隊達の分隊長です。中々責任もあり、辛いけれども三十人余名の兵隊を連れて歩くのは面白い。天幕露営の夜、涼しい草原で虫の音を聞き乍ら夏の夜のよさを満喫しました。勿論、思ふ事は、唯一つ。

次の夜は民家へ泊まりました。綺麗な散髪屋さんで、風呂から上がった浴衣姿で早速、頭をやって貰ひました。之ほど楽しいと思った事はありませんでした。眠いのにこの夜を

楽しみたい一心で伏（ママ）ける迄起きていました。

三日に帰ってくると、上等兵になっていました。肩の星も随分賑やかになりました。何しろ兵隊の最上級、敬礼の数も減り、楽な気持ちです。

行軍やなにやかやで、弟とも家で会ふ機会がなく寂しく思っています。暑いのには、然し、閉口です。

七月末には大実弾射撃があって山陰地方に遠征します。それやこれやで案外この夏も速く過ぎるのではないかと期待しています。八月半ばは、お父様の初盆を済ませたらお出で下さることを待っています。

上等兵となると兵の中では豪《えら》いものです。三年も四年もいてやっと上等兵になるのが関の山ですからね。ですから、普通の兵隊の僕らを羨む事は相当なもので、気の毒だと思います。

ピアノが上達されたやうで嬉しい。読書は、どうですか、キュリー夫人はどう暮らしていますやら、どうもいい文章が書けなくなりました。御免ください。

何と言っても、お会いしたい、『野砲隊の華』が面会所に来なくなったといって隊では寂しがっています。一日も早くお出で下さいね。

それからお願いがあります。この営内であなたの手にかかった日用品を使用したいのです。

どこか、一流の所で、渋いながら立派なものを探して母の所宛にお送り下さいませんか？
一、石鹸及び石鹸箱
一、歯ブラシ入れ（歯磨き共に入る奴）
一、レターペーパー
一、封筒　　以上
百合子さん　この夏に水泳しますか？　何だかあなたの海水着姿が見たいやうな気がする。　フフッ
さよなら　利

㉒　昭和十四年七月〇日　利の手紙

お手紙有難う。心から嬉しく思いました。白い花弁を幾度香りを楽しんだことでせう。あの手紙は相当佳作だと思いました。

思へば、あなたも大人になりかけているし、豪《えら》くなっても行きます。いい事ですね。大人の手紙を書けるあなたになりました。褒めておきます。

さて、数日前母が来てかふいふ話をしてくれました。母が僕たちの間を心配して易者の

ところへ二人の写真を持って行ったのださうです。易者の答えが振るっています。

――利氏は、頗る、鼻等聡明さを遺憾なく現わしているが、惜しむらくは口元が悪い。この人は賢いが覇気がない。この人が余程出世する為には覇気満々たる秘書を持たなければならない。所で、百合子氏の鼻は、その覇気を現わしている。足らざるを補ってこの二人の仲は円満に行くでせう――

といふのです。之を聞いて僕は思はずフーンとうなると共に笑い出しました。見事に僕を言い当てているからです。

――この人は、人と争う気を持たぬ。之が唯一の欠点だ。

といふのは、僕の欠点と共に長所を示しており、之が最も僕らしい所だったからです。所が、百合子氏の鼻は、覇気満々、之を補うのです。結局「なんとか天下」といふ奴らしいので少々癪に障り、あなたを叱ってみたくなって了いました。それで少々あなたを叱ってみました。あんなに素直にあやまって来られるとお気の毒でなりません。

いい子よ、賢い娘よ

朗が帰って会いました。東京の気を傳へてくれました。どう考えてみても懐かしい、戦友達と共に「海ゆかば」を二部位で歌うのが大好きですが、あなたと二人で外苑を歩き乍《なが》ら歌ったこの歌が僕にどんな感慨を齎してくれるかお解りでせう。

夏の夜、冷たい風が窓から入ってきます。然し、蚊の多い事、大変で、蚊帳の中に迄入って一晩中苦しむことさえあります。これで、毎日、眠い、眠い。日曜に出ても余り面白くないので、この前は兵舎で寝ていました。日曜の午後なんてのはいかにも寂しい。思ふともなく思ってしまいました。八月の半ばには、どうしてもお会ひしたい。

お解り下さいませんか、今度はかういふ不埒な事を考えています。一日、臨時外出を貰って二人で何処かへ行く、泊っている、といふのです。御免なさい。今夜は眠い。では又、あなたの立派な鼻に僕の心許ない口づけを

利

百合子様

㉓ 昭和十四年七月　百合子の手紙

昨夜は気持ちの良い夕立雨が来てその後の心よさをしみじみ感じました。けれども又今日はヂリヂリと暑くなって参りました。

行軍がどんなにか困難でございましたでせう。私は「外へ出るのはいや」と言って毎日

家にばかり居ります。その代わり母は外出ばかり。
私は一家の主婦みたい。大人になったと皆に言われるし、自分でも認めないわけに行かなくなりましたけれど、もっと若い気持ちでいてもよいのではないかと思います。お友達が好んで銀座へでかけたり遊んで喜んでいる気持ち・・・私思った事がございませんの。どうしてこんなかしらと母に申しましたら、親が皆、地味な気分だからでせうって・・・
この前のお便り面白うございましたわ。易者に見ておもらいになるお母様ずい分面白いお方ね。読んで笑いましたのよ。当たっている様な、当たっていない様な・・・でも、面白いものね。
きっと今度おめにかかったら、この鼻を見てお笑いになるでせうね・・・早くお会いしたうございます。海水浴しないつもり・・・この黒いのがこれ以上黒くなるのはどうも・・・
それに今までと大分気持ちが違って恥ずかしいのですもの・・・
当方は七月十三日が盆の入り。その日　父を迎へます。姉も帰って来るでせう。思い出新たに生きている人に話す様に墓で、仏壇の前で語り合うことの出来るその日が待たれてなりません。姉は「大人になったのね」とびっくりするでせう。父は何と言ってくださるかしら・・・

広島のお盆は八月ですのね。どんなことするのでしたか、忘れてしまいました。先日お母様よりお便り戴きました。大変喜んでおりますこと　お伝へ下さいませ。

上等兵殿に早くお目にかかりたうございますわ。ご注文の品を持って参れますとよろしいけれど・・・お気に召す様なもの楽しみに探します。一人で出かけませうか、

お話ししたい事たくさんございますが、キュリー夫人に遷りませうか、

私の最も尊敬するあこがれの像となりました。否（ママ）の打ち所のない方です。圧迫に圧迫を重ねられたポーランドに表れた貧しい気の弱い、旺んな私たちには想像もできない位の天分を持った彼女でした。彼女は家庭愛に慈まれていました。彼女の一生に、到るところに自己犠牲は行はれてをりますが、それは幼い頃から家中の人の自己を捨てても兄妹を助けるその美しい心の表れかもしれません。家を美しく立派にすることは大切なこととつくづく感じました。

気の弱いやさしいこの人は立派な信念を持ってをりました。

「我々がなにものかを賦与されていること、且　この何ものかを是非とも到達しなければならないことを信じなければならない」と、あくまで自己信頼を完うしました。常に自己を犠牲にしながらそれができたのですから偉いと思います。あなたの人と争はぬことは、決して欠点だとは思ひません。易者が言った「出世」の意味を私は疑います。富・名誉を

指すのでせう。

人と争はなくとも自分の進むべき道には進めるものだといふ事がわかりました。形に表れる富や名誉には限りがございます。キュリー夫人はそれらすべてに無関心でありました。心身を消磨して世の為にラデュームのために盡してその科学的作用の為に身を悪くして消える如く世を去って行ったのです。こんな人間の一生こそ本当に生きがいのある一生と言ふべきかと思います。その生涯は波乱を極めてをります。でもその中でよき妻であり、母である事の出来たかの人を心から尊敬します。私もその様な生涯にぶつかって自分の力をためしてみたい気が致します。もうひとつ、夫妻の間の愛情の深いこと。愛情といふよりむしろ神秘的なものだとかいてありますが、共にチームを作らうとする本能的なものです。二人とも有名を厭ひました。二人とも化学の為に二人でなくてはならない、離すことの出来ないそんな仕事を持っていたのでした。羨ましいと思いました。日本では夫は社会に出て妻は家を守る。ただそれだけで良いのかしらと考えます。何か他にも自分の目的を定めたいと思ってをりましたが、この頃妻の役目の大切な事も少しづつ分かる様な気がして来ました。只、理想を高く持つことをはっきり定めたい気が致します。「女の学校」のご本などで、理想の高いところへ二人が進むといふ事をお教え下さいましたが今ははっきりわかった気が致します。その理想は富でもなく、名誉でもなくもっと知られぬ、深い、このキュリー夫妻の産み出した様な一生をあこがれたいと思います。
凡人がそれを望むことは困難過ぎておかしいのかもしれませんが、私たちにはそれに向かって進む事が尊いのではないでせうかと、考えます。高い理想は人を美しくすると申しますが、私はその美しさを求めます。見えない美しさを求めます。こんな漠然とした理想では何にもなりません。だんだんはっきりとした目標のものを見出します。どうぞお教え下さいませ。わけのわからぬことを書いたかもしれません。書けないのが歯がゆうございます。お目にかかって色々お話が伺いたい。キュリー夫人傳も持って参りませうね。キュリー夫人は泳ぎがとても上手ですって。私も上手になりたいの。教えていただこうかしら。でも、この夏は、どうも勇気がなくて・・・
まだまだキュリー夫人傳の事お話し度くてなりませんけど、今日はこれで止めます。
では、お暑さにお身をお大事にね。乱筆にて
百合子
利さま

㉔ 昭和十四年七月十八日　利の手紙

今日は、十八日、十七日にお手紙を受け取りましたが少々期間が長かったので、待ち遠しかったことです。母が面会に来てくれる度に「未だか、未だか」と尋ね（あなたは「訪ね」と書きますね。之は誤り。「訪ね」は訪問の意だけ）ました。昨日やっと安心しました。

十三日が心静かに送られた模様で安心致しました。

七月十四日と言へば、僕に懐かしい巴里祭の日。十三日はその前夜で中々興の深い日なのです。巴里祭は一七八九年七月十四日を起源とします。巴里の大革命の起こった日です。迷妄の中に投げ込まれていた仏蘭西の人々を救ひ、理性の陽の中に齎した記念すべき日、マダム・キュリーの実践的理想主義も此の日に淵源していると考ふべきでせう。

キュリー夫人傳の四半（四分の一）を読みました。感ずる所がいかにも多い。「女の学校」の上欄に書き込んだ様に、キュリーにも多くの書き込みが出来ました。お会ひして又お話しませう。

二十日、酷暑の候に入って兵隊にも休養が與へられることになりました。今日の午後は水泳です。嬉しい。

あなたが「考へる」事に就いて書きましたね。新しい時代の人々は、考へなければならない。

眞理の白光を求めよ
知られざる新しき道を求めよ
・・・・・・
過去の営みに新たなる労作を加えよ（キュリー　90頁）

アスニックの此の詩は、マーニャならずとも、又、十九世紀の青年ならずとも、感激させるに充分な力を持っています。我々が社会生活を営む以上、その社会の全成員をして最も幸福なる生活が出来得るやう、努力しなければならぬ。

――そうだ　此の詩を繰り広げて眺めて下さい――或る時代には、その時代に最も適応する社会形式がある。「時代は各々自らの夢を抱いている。」蒸気機関、電気、その他、未知の世界の続々と拓かれて発明発見が相続いた十九世紀の産業革命の時代には前にも言った資本主義体制が採られ、この体制（体制とは、社会的経済的な制度）が十九世紀に最も適合した形でした。「金を儲けること」そのことがこの社会では、最も価値ある仕事とされていたのです。いいですか、父母の時代には、「立身出世」と呼ばれたものです。それはいったい何を指すでせう。その頃はしかし、金を儲ける事に全成員が全精力を指向していればそれでその社会は結局富み、人々の生活水準も全体的には向上した。それ故「立身出世」も肯定されていたのです。（難しい？　質問してください）

しかるに此の制度の欠陥が此の二十世紀になって以来顕著に現はれて来ました。金銭の獲得は、富者に便にして、貧者に不利なのです。貧富の差が著しくなってきました。此の制度は、最早二十世紀には適しない。「昨日の夢は過去の中に葬り去られた」としているのです。所が未だ「今日の夢」が現れていない。「我等は知識の炬火《たいまつ》を執《と》り」「過去の営みに新たなる労作を加へ」なければならない。「未知の殿堂」を建設しなければならない。どういふ夢を懐いたらよいのか、僕もあなたも知りません。二人で協力してこの道に進ませう。この道を拓くこと、（ふたりして）が最も尊い結婚の務めなのです。

キュリー傳は余りにも多くの言ふべき事を僕に呉へてくれます。解りますか？どしどし質問してください。

マーニャと同じ、「将来の生活のプラン」に就いて腐心した経験のある僕たちにとって、この書物は何と身近いものに感ぜられることでせう。

★　★　★

「子どもの生産力」なんて事を、あなたが言い出したのでをかしくなりました。何故、こんなことを書いたのか、その裏の意味を知りたいやうな気がします。僕はまだ子供を儲

（ママ）ける自信がありません。そちらはどう？
僕は当分の間、何とか処置を講ずるつもりでいます。これもどう？　わかる？

★　★　★

時々、不図、僕はあなたを獲る前迄、何を考へ、何を目指して暮らしていただろうかと考えます。今はもう、あなたなしでは、とても暮らせさうもありません。例えばキュリー夫人傳を読みます。昔なら自分の為に読みました。所が今ではあなたを導く糧となすばかりです。

もう、離れられなくなりました。六月といふ月の寂しかったことと言ったら、何を見ても、何を聞いても、一人でいる時は、何となく普通のやうな気がしないのです。

一日も早くお会いしたい、直ぐにでも出ていらっしゃい、と言いたいのですが、そちらの都合もありませう。八月半には、どうしてもいらっしゃい。いいですか？

今度も、大職冠をかぶって来ますか？　兵隊達に目立たない帽子も持って来て下さい。

さよなら　　　　　　　　　　　　　　　利

㉕ 昭和十四年七月　利の手紙

今日は久しぶりの外出、弟と一緒に始めて泳ぎました。いい天気の、いい食慾の、良い日曜だった。ただ、何と云っても二階の四畳半に紅い残り香を見出し得ないのは心惜しい極みでした。やっぱり心の深奥は寂しさに充たされているといふ事を今日は確実に掴みました。

易者なんかに見て貰ふ母ではないのですが、僕たちの間を可愛そうに思って行ったのです。二人の一緒になれる時期は、昭和十七年ですって。どうしませう?

七月十三日には僕も深く黙祷しませう。兵隊には、朝夕の点呼時に東方遥拝及び故郷遥拝があります。故郷を拝しては母を憶ひ東を拝する時はあなたをいつも憶ふことにしています。「第七天国」といふ映画に恋人同志が朝夕の黙祷時にお互いを憶ふ場面がありますが、それを思ってをかしくもなりました。七月十三日にはその遥拝時に東京を憶ひお父様を偲びませう。「お父様も　とほる、僕も　とほる」といっていたのにお別れになってしまひました。それを終へて、八月の何時頃おいで下さいますか。お待ち遠しい限りです。

思へばあなたとも長い交渉を持ったものです。もう直ぐ一年、九月十八日が迫ってきます。心の中で盛大にお祝ひしませう。僕たちのこの間柄は世にも美しいものではないでせうか、僕は暇さへあったならば、この美しい関係を一つの物語に作り上げて「新しい人々」とでも題したいと思った事があります。新しい男性たちは僕の執った道を通らなければならない。新しい女性たちは同様に又あなたの執った道を通らなければならない、そうしてその間柄は如何にあるべきでせうか、我々の如くあるべきより他致し方ないのでせう。あなたは幸いにして向上の一途を辿っている。結構な事です。この度の手紙などは殊に宜しいと思ひました。

此の世に於ていかに生くべきか、何が最も価値あるものかについてあなたが考察を始めたことは実に僕を喜ばせました。あなたの言った富や名誉がほんとに果たして何でせう。私たちの父母の時代は資本主義の勃興期でお金や名誉やを獲得することが最も価値あることとされていました。私達の父母は何の苦労もなくその目的の為にあらゆる力を指出して苦しみませんでした。ですが今日はその時代も過ぎ去りました。今の世を如何にしたならば住みよい所にすることが出来るか、これが私達の目的でなければなりません。お解りでせう?

さうです、あなたの言った通り人と争わなくても自分の道は開かれて行きます。さうした最大の目的を胸に蔵しながら、他方に愛情も忘れないで進む、之を忘れないで下さい。妻の役目が次第に解けて来ました模様、嬉しく思ひます。キュリー夫人に二人で感謝を捧げませう。

あなたを建設してゆくといふ僕の大きな役目が次第にあなたの努力に依って解決されて行くやうです。僕も暇を見出してキュリー夫人傳を読むつもりです。その結果をお待ちください。山本利は比較的稀に真面目な人間だと自負しています。船越百合子も稀にみる真面目な女性です。しっかりやりませう。その功績がキュリー夫人に遥に遠いとしても、目的の神聖性さへ蔵していれば、それで充分なのです。僕も書きたいことが非常に多い、けれども今日は止めませう。僕の次第に沈潜してゆく気持ちをお手紙が引き立ててくれました。有難う。

一日も早いお出でを待っています。

利

百合子さま

㉖ 昭和十四年七月二七日　百合子の手紙

大変早いお便りうれしく拝見いたしました。

もう、七月の終りに近づきました。ピアノのお稽古は、夏期のお休みになりました。澤山の宿題を独りでしてをります。復習を重ねてメロディーを何とか出すのに苦心しますのは面白いのですが、先に進む時は大変努力を要します。時々あまり出来なくて本当にいやになる時がありますが、そんな時、色々と自分の心の向きを変へたりして熱中しようとしますが、我儘な気持ちを圧へてとても自分には良い事だと思ひます。それからピアノは腹部の運動になります。一日でも出かけたり来客の為練習の出来なかった日等、何かとても大事なものを忘れた様に淋しく、どんなに外に良い事があっても「つまらなかった」と思はずにはいられなくなりました。でもピアノの出来ない位はいくらでも我慢して、早く広島へ参りたくて、毎日「行きたい」と思い續けてをりますのよ。

私の本の読み方、下手だと思ひます。自分で疑問を見出せなくて、質問を受けて初めてわからない事ばかり出来て来るのですもの。ですからもう一度広島行きまでにキュリー夫人傳を読みたいと思ってをりますが、その時間を見出せるかどうかはわかりません。

実証的理想主義、(利の手紙では『実践的・・・』)わかりません。お教え下さいませ。

前のお便りで　解る?とお書きになった他の事はわかります。

私が子供の事を言って、をかしいとおっしゃる方が私はをかしい。女なら、その様な事をたとへ言はなくても考へるのはあたり前ですもの。裏の意味が知りたいとおっしゃっても、そんなものありませんわ。ちょっと、すねてみたくなりました。何だか六つかしいことおっしゃいますが、何の目的で？　お目にかかってから、攻撃したいこと。はっきりしない書き方ばかりいたしました。お解りくださるかしら？

今、三人のおちびさん達を連れて注文の花火を買いに電車通りまで参りましたら、工兵の兵隊さんが三十人ばかり通って行きました。好きな兵隊さんが、此頃では一層好きになって懐かしくて仕方がございません。

今日は土用の丑の日。軍隊では鰻は出そうもありませんね。梅干し？　おうどん？　うの字のつくものなんか関係なしかしら？　きっとお母様が鰻の蒲焼を持って面会においでになりましたでせう。違ふかしら。

もうすぐ、山陰地方へ遠征においでになりますのね。お暑いでせう。お体お大事に、「火山灰地」読みたいと思ひます。家の大事な仕事も大体済みましたので、来月に入ってから沓掛の親類の別荘へ皆で出かけて二、三日楽しんで来ようかと申してをります。何時もそんなに避暑等致しませんのに、今年になって時局柄良くないとは思ひますけれど・・・

気持の良い夏の夜の一時を恋しさに拙きペンを走らせました。はや、虫の音が聞こえて参ります。

昨年の夏、母をお訪ね下さいました記念日が参りますのね。母は、「あの時はこまった、こまった」と繰り返し本当に困ったらしく笑いながら話してをります。親はお便りしない方がいいからと、利様に一度も出されません。先日宮島よりのお葉書大喜びでした。私もとても思ひ出しました。

朗さんによろしく、泳いでいらっしゃるのでせうね。

百合子

㉗　昭和十四年七月三一日　百合子の手紙

大変お暑くなりました。私は暑さにちょっと弱りましたが、今日はもう大丈夫。朝から之と言って特別の事もないのに、防空演習の一番忙しい日だと思うと、気持ちだけで今まで落ち着くこともできませんでしたの。お昼の食事の支度をしてやっとペンをとりました。ご無沙汰してしまいましたがこのお便り日曜日に着くかしらと心配・・

十八日よりの帝都の守り、違反も少し（？）大変気持ちのよい緊張振り　喜ばしうございます。先ず、模範はわが家からと何時もあまり気にしない母がちょっと隙間があってもやかましく申されますので、昨年の時の様に廊下の角を新聞で補うような事をせずにカーテンを広く垂らして昨晩なんか本当に完全にいたしました。そして昨日の午前中の防火奉仕者の集まりの時は母が、午後の時は私がと、大変な意気込みで割烹着姿も勇ましく「練習空襲ガンガンガン」とブリキをたたいて来るのを待っておりましたのに、私の出る時だけ隣接しない群に演習がありましたので、バケツを持って門の外までとびだしましたが、又引っ込んでしまいました。どうも気の抜けた形でした。

今日母は加藤さんへいらっしゃってお留守なので私が奉仕者ですから、もうすぐガンガンガンが来ましたら、今度こそ活躍するつもり。「雄雄しき大和撫子でしょう」なんて自分で言っていればよろしいことね・・・

蝉がまだ耳新しくジージー鳴き始めました。じっと目をつむってその声を聴くのはきらいではありません。割合に静かなこの辺ではそうしていると深山へ入っているような気になることがございますから。勿論あの照り返すアスファルトの道を考えては、蝉の声も暑くてたまらなくなるでしょう。さてこんなに暑くなれば、懐かしまれるのは涼しい広島のお家！　お二階！　いえ、どんなに広島が暑くても、利様の御許へと心はあせります。けれども私も私なりに仕事がとても多くて中々ほっておくわけにも参りません。仰言の様に八月には伺いとうございます。五日頃までに母の大切な仕事が済みますからその後一週間小さい弟妹と楽しい思い出を作ります。勲はこの夏は遊ばれないと大分緊張しております。広島へ伺います前に名古屋より母の代理の仕事を済ませたいとも思っております。十五日までに伺うつもりに致します。一日でも早くお目にかかれます様に致します。今度はお会いしてもお話しがありそうで楽しみですの。又面白そうな本をお稽古の帰り新宿で買いました。ピアノの先生、とても理想家で大好きです。色々と為になるお話してくださいます。人それぞれに特徴のある生活をしておられるので面白くてたまりませんの。もうすぐガンガンと来そうですから、今日はこれで失礼します。まだご注文の品買いにでられません。ごめんくださいね。もう一週間くらいしないと何処にも行かれませんのよ。悪しからず　きっと良いものをお土産に持って参りましょう。

サーヨーナーラ

今日はとても朗らかそうでしょう　　百合子

利様

㉘　昭和十四年　利の手紙

一筆啓上

相変わらず相当激しい演習が続きます。汗水垂らして毎日往復二里の道を演習場に通っています。苦しい駈歩の途中で色んな事を考えます。

一、歩兵の見習士官殿のことを不図考えました。百合さんが手紙を出していいかどうかと言っていましたね。今日の解決法はこうでした。即ち、あなたの勝手になさい、思う通りになさいと言う答えです。兵隊へ入って利は著しく小心になりました。偏狭になりました、卑下するようになりました、あらゆる人に頭を圧えられて自分の真の価値を自分で見失いそうになったのです。人間の価値は、外部的な肩章の星の数や何かで定められるものではない、だのに自分は此の世界に閉じ籠められている間に自分の豪さを忘れかけました。昨日配属されて当隊へ来た〇見習士官がありました。広高、東大で一年の先輩です。早速話に行きました。〇さんは此の小さくなった利を悲しんで希望を與えてくれました。軍人社会にも東大出身者のグループが片隅に咲き誇っています。見習士官室のなごやかな空気の中で〇さんは、文藝を語り、映画を述べ、戦争の話は一口もしませんでした。ただそこには、〇氏と利とが対等に存在するだけでした。兵室に帰ってつまらない上級兵士がなにを言おうと「山本は山本だ」という誇らかな以前の自分の気持ちを強く持っていました。この気持ちは幹候になった今日もう失うことはないでしょう。で、前記の解答が誇らかに出てきたわけでした。

つまり百合さんをしっかり掴まえておく自信も沸いたというわけでした。

二、それはそれとして、この二、三日、楽しい夢をみます。九月頃百合さんを貰っちまう夢です。兵隊の休みが四、五日出ましょう。第一日は鶴羽神社（と言えば、太っちょの神主さんに今日出会いました。どうぞよろしくと言っておきましたよ）その夜は宴会、第二日は、厳島へでも行って宮島ホテルに泊まる。初秋の宵を心ゆくまで楽しむ。但し背広を着ること。

第三日以後は、ムニャムニャ

どうです？　あっさりやっちまいましょうか、いかがです？もう、随分長いお付き合いになりました。本当の処あなたのお蔭で割合手際よく之迄を過ごしてきたものですね。だけど、今度はあなたが来たら危ない――変なお話になって御免なさい。

「幹候の恋人」と同僚たちが呼んでいたあなたが帰って、面会所が色褪せました。本当ですよ。今度は、母がしこたまご馳走を詰め込んでやってきます。同僚の意地の悪い奴が「彼女の時は〇気、母さんだと食い気、父さんだと金気」と冷やかしていました。正に然り。

日課の無い土曜日の午後を新緑の水源地公園にやって来て、頭絡《トウロク》をはずしています。（馬の首をつなぐ綱をはずす、つまり、サボっていることです）たっぷり三時間を昼寝で楽しい事。寝る、喰う、といった原始的な欲望に充たされた兵隊達の楽しみは又こよないものです。その原始性を離れて山本候補生は恋を持っています。他の人々より多忙なわけです。

兵隊は著しく自然に左右されます。というわけは寒くても火がない、暑くても水がないという一事でわかるでしょう。自然を愛することもですから、人一倍強い。暖かい日差しを受けて、今僕はたまらない幸福感に浸っています。もし家を持っても、僕はあらゆる時間を利用して自然の懐の中をあなたと逍遥することでしょう。肉体的の健康性を獲た証左ともいえましょう。

確かに東京の時の神経衰弱気味の僕よりは良くなったと自ら思っています。暢気にお付き合い致しましょう。

利

㉙　昭和十四年八月四日　百合子の手紙

お懐かしい利様

御写真幾度頬ずりしたことでしょうか。本当に有難う存じました。でも何だかお痩せになった様に思われます。いささか失望致しましたが、お写真の加減でありますます様祈ります。早く御目もじしたいことでございます。

色々と細やかなお教え難い（ママ）のは一層嬉しく心を込めて拝読いたしました。利様の主義も想像できました。こんな嬉しいことはございません。私も少しでも早くその道に進めます様努力致します。あの中で「水」だの「五大要素」等、私の知らない事でございます。お目にかかって山本先生にお教え戴きとう存じます。此の二、三日、大変涼しく降ったり止んだり変な気候でございます。御地の方も同様の事と存じます。こんなでは沓掛に寒い思いをしに行くのもつまらない事と思って止めに致しました。第二案を雨が止みましたら、実行しようと待っておりますが、一向晴れそうもございません。十三日にはちょっと無理かもしれません。もう、今日は、四日でございますもの。めまぐるしい位早く日がたっていきます。無駄に過ごしがちの日を気のすむくらいに何でもしたいと思う様に一日が済んで行くのは大変うれしい事でございます。

今日は、姉の命日でございますから、今から墓参り致します。その帰り色々と買い物をしてこようと楽しみにしております。

先日貸家を見て参りましたが、その家が陰気でしたのですっかり悲しくなってしまいました。現状よりしまつに暮らすことは努力さえすればよい様なものの、少しのことに勇気が要るということをしみじみ感じました。陰気な家はことわりました。早く引っ越してそこに新たな気持、勇気で進みたいと思っております。

キュリー夫人傳もう一度読み始めました。マーニャは随分勉強家ですことね。私だって勉強はしたくてたまりませんけれど、どんなのをしてよいかまだわかりません。マーニャは忙しくて自分の仕事をすることができないと困っていたのに、私は暇があっても自分の勉強をマーニャの様に出来ないなんて、努力が足りませんのね。でも、利様にお導き戴くので随分自分も考えると言う事が楽しくなりましたし、色々覚えました。

母が申しますの「愛子さんはお家の事で忙しくしていらっしゃるばかりで、百合子の様にあまり考えることをしていらっしゃらない様よ」と。私はしみじみ利様が有難くてなりませんの。私は幸福者ね。お写真にキスして　　　サヨーナラ　　　百合子

㉚　昭和十四年八月十日　百合子の手紙

お手紙有難う存じました。数日来、買い物やら何かと外出が続いて、出つけないものですから、すっかり疲れて、今日は初めてお昼寝というものを他愛なくしてしまいました。

実は十三日にお目にかかれるようにしたいと熱望致しましたし、母もそうした方が良いとあまり進めますので出発の用意はどうやら出来ましたけれど、お母様に八月中頃お伺いしてもよろしいかとお便り差し上げましたが、お返事なく、お返事のないのに参りますの

も何となく心進まずにおりましたら、母が電報でお聞きすると申して「何時頃参りましたら宜しいかと」お伺いいたしましたらすぐ電話にて「文出した　何時でも良い」とのお返事を戴きほっと致しました。そうおっしゃって戴くでしょうことは想像しておりましたし、又利様よりのお便りで「父母と共に待っている」との御由を拝見いたしましたら何も電報でどうすることもなかったのでしょうけれど、やはりお母様のお言葉を伺いたくてこんなにごたごた致しましたことお許しくださいませ。お母様によろしくお伝え下さいませ。そしてお母様のお便りは本日拝見致しました。洋服の事色々ご心配下さいまして、私は非常に嬉しく三越へは明日参りますつもり、楽しみに致しておりますとお伝えくださいませ。三越から帰りましてからお母様へご報告申し上げたいと思います。今夜は利様へのお便り遅くなると大変と思って夜のうちに書いて朝ポストへポトンと致します。

所で十三日にお目にかかることはやはり無理に思われます。疲れた顔していたりしてはつまりませんもの。ですからやはり二十日を目あてに致します。十三日にお手紙は着いているのに自分はお目にかかれないと思うと大変残念でじっとして御裁縫をしておれずに体中ムズムズしてこまります。母が「回虫」がいるのでしょうマ（ア？）リニンをのみなさい、それより他にお母さんはどうして上げられないって・・・私が「行く　行く」と言っておりますのがおわかりになりましょう。何虫かわかりませんが、これを鎮めて下さるの

は、利様だけね・・・
今のところ予定を申します。
十五日に東京発　夜行鳥羽直行で津の祖母の許へ――祖母は大変に会いたがっておりますから、そこで一晩泊り、名古屋岡崎か森本で又一日母の用事を済ませて十八日の夕方か、二時何分かの着であこがれの広島へ参りますつもりにしております。十八日をあてになさって下さいませ。その日は面会に・・・
待たれる日曜日！　だんだん遅くなりましてすみません。何も津へも名古屋へも行くことは楽しくございませんが、やはり人の気持ちもそこなわぬ様にしなければなりませんし、お話しの種になってよろしいかもわかりませんね。津へつきましてからはっきりしましたことお知らせ致します。
お母様へは明日お便り致しますから。では、お身体お大切に
楽しみの前に一入の寂しさが身にしみて胸の中は乱れております。元気で出発します。
サヨーナラ　　百合子

㉛ 昭和十四年九月十二日　百合子の手紙

お懐かしき利様

お便り嬉しく拝見いたしました。お元気のご様子安心いたしました。お便りがとても待ち遠しうございました。お忙しくてきっとお疲れ遊ばした事と存じます。私も元気で毎日母と高島屋へ日参で疲れてしまいました。二十四日に着ます着物があまりにも多くて、重くて今からどんなにか汗を出すことでしょう。フラフラになる様な気さえします。男の方が羨ましい事。

明日は高島田の髪の下稽古を致します。生まれて初めてどんなにか変な気持ちになることでございましょう。こんなにあれこれと気を遣って支度に忙しい思いをしてはおりますものの自分の事とは考えられずにおります。私はいざその場にぶつかって初めてその気持ちになることの出来る性ですので、式の時のことを想像しても嘘のように思われます。母は「百合子があれを着て利さんが立っていらっしゃるときの顔が想像できる」と申してひとりで喜んでいますのよ。先日広島よりお父様、伯父様、朗さんがご上京になりました。そして又すぐお帰りになりました。伯父様に式服等もお目に掛けましたが、どんなに思召したでしょうか？

どうしたのでしょうか。今日は何も書けませんの。胸の中で急行列車が走っていて、自分はそれを眺めてぽかんとしているようで、何も手に付きません。お友達にもお便りしようと思っても何も書くことがなくて困っております。

今日、加藤様ご夫妻でご挨拶にお見えになりました。伯母さまは何だか前の伯母様に似ていらっしゃる様に思われ、人のうわさとは異なりおとなしそうなよいお方に見えました。伯父様が大変なご機嫌でびっくり致しました。私にも父があったならと思わずにはおられません。十九日の命日に墓参りを致し、その夜にでも出発致したいと思っております。都合により一日延びるかもしれませんけど・・・式は二十四日であります事を私は祈っております。今夜あたりお父様や黒川さん方、会議でその決定をなさることでしょう。皆様も色々ご心配下さいましてお母様は殊にお疲れになりましたでしょうとご案じ申しております。

東京はよく雨が降りますのに、今日は何と暑かったことでしょう。残る秋の陽が思い切り照り付けて困らせます。私も思い切り母に甘えることでしょう。晶子と勲が、やけて困りますナンテうそ。私できるだけ姉らしくしておりますの。今夜は何の話をきかせながら晶子を寝かせるのでしょうか？　虫の声をききながら、星の無い寂しい空を見ながらの今宵のお便り、乙女時代の終わりのお便りかしら。もう一度・・・忙しくてだめかもしれません。どうぞお元気で、「幹部候補生には不愉快な事」等とおっしゃらずにやはりその場に応じてそんなにつまらないとおっしゃらずにお務めなさることを私は望みます。
もうすぐ十八日、同じ様に同じ頃西と東で思いを馳せることでございましょうね。それから今日まで・・・嬉しい嬉しい思い出ばかり・・・アパートへの楽しい訪れ、それから・・・普通の人には出来ない位よく楽しませて下さった数々の思い出に今夜はしみじみと浸っておりますの。今の望みは・・一日も早くよき妻になりたいということで一杯でございます。皆様が晴れの日の私の為、とてもご心配下さいます。心からの感謝をお伝えくださいませ。

百合子

㉜ 昭和十四年九月十五日　利の手紙

前略

今月二十四日に（結婚式が）決まった。考えてみれば後十日にも足りないのですが、仰せの通り、自分の事とは思われず、僕としては何だか父母の事の様な気がします。隊の中の自分に何の変化もないからなのでしょう。

それと同時に、乙女時代とお別れだと言ったあなたに切実にそれが感じられないように、独身者（バチェラー）と別れる僕にもそれがはっきりと感じられません。軍隊生活等にいて、この結婚が変態的だからでしょうか？

そこで、この変態的な結婚に対する僕の考えを申しますと、之迄と大本は変らないことにしようと思うのです。という訳は、お互い未だ若いし、僕はそれで「旦那様」なんかになるのはおかしい、あなたも、奥様になるのはおかしいでしょう。

一人一人でいる時は今まで通りの若い伸びやかな気持ちで居ようというのです。ただ僕の（僕だけかしら？）愛情が高点に達したために妻になっていただくだけで、つまり僕が窮屈な生活をして、その間に与えられる僅かな時間を極限まで楽しむ為にその間だけ妻になっていただくだけで、その他の大部分の時間はお互いに一兵隊として、一令嬢として今まで通り暮らしてゆこうと言うのです。こんなことを書くとあなたが非常におこるか、賛成してくれるか、どっちかでしょう。

何故特にこんなことを言うかと言えば僕はまだ青春に非常に未練があるのです。キャムプをしたり、ヨットセーリングをしたり、スキーをしたりして思う存分若さを吸い込む（勿論若いあなたと二人ですよ、乙に済ました奥様のあなたではそんな真似もしがたいでしょう？）もう幾年かを持ちたいのです。お解りでしょう、賛成？　だとしたらもう一年後のそれを待って伸びやかな娘の様な気持ちを持続してください。

それから、不図考えたことですが、兵営はあなたにとって非常に有利でした。若し、僕が地方で仕事に就いていたら男子本来の面目としてその仕事を第一に考え、その為には第二の貴いもの「あなた」を犠牲にしなきゃならぬ時が多かったろうと考えられます。殊に現在のような新聞の書入時にはそれが多かったでしょう。それだのに今は心ならずもこういう所にいます、ですから、自然あなたを第一と考えそれ以外には何も求めないことになりました。あなたにとって、否、僕にとってもたいへん有利な事だったでしょう。

さて二十四日午後八時過、精養軒の披露宴が終わります。二人だけになります。宮島までの観光路を岩本さんの車でドライブです。待っている宮島ホテルのランチ（小型蒸気船）でそこからホテル下へ着きます。大鳥居の下をくぐって満月（旧八月十二日です）を浴びて小艇は進みます。三階の特別室へ入ります。軍服の伍長さんが長靴を鳴らして階段を上ります。初秋の気を吸うために窓を開きます。窓の外には鬱蒼たる杉の大樹が蕭々として聳えています。馴れたボーイが気を利かせて去ります。暖かい紅茶をすすりながら僕が言います。

「やっとふたりになれましたね」（之は古今東西こうした場合の常套句）というようなことしやかな夢を何度みましたことか・・・

高島田はどうでしたか？

二十日頃着いて、二十四日迄、お会いするやらしないやら、しかしねエ、もうあの日を待つようになると、甘い言葉は一刻も早く結婚（ハイラーテン）へ導こうというお互いの心奥の表れなんでしょうね。之から後の（妻として、夫としての）手紙は相当変わることでしょう。お元気で

来る日の吾が妻へ　　利

ここからは、結婚後の手紙です。

㉝　昭和十五年四月下旬　利の手紙

大分書かなかった。相変わらず元気だ。

十二日〜十四日と行事があって、又田舎の家に泊めて貰った。こういう事件があると早く日が過ぎてゆく。四月も下旬に入って、卒業を六月半ばとすれば（というのはその期日が未だ確定していないのだ）残り五十余日だ、もう大丈夫です。

東條製の写真はどうなったかしら、もう、出来て送ってくる筈だと心待ちにしている。一日も早く眺めて頬づりしたいのだね。暖かで、こうして書いていても眠くなる、いい気候になったものだ。時々、生活の設計を立てる、それはどうしても、百合子に存分の勉強をしてもらわなければならない。もう、一、二年みっちり読書してレヴェルに達する。其れから後は専門の勉強をして貰う。分業の態勢だな。僕には、新聞学、社会学という本来の仕事が待っている。百合さんは文学――日本文学なり芸術一般なりの勉強をするのだ。勿論、僕が力一杯力添えする、そして例えば日本文学なら、百合子夫人、和歌、俳句に堪能という事になって貰いたいのだ。美しい分業だと思う。そういう気があるかしら？ピアノもお留守らしいが、しっかりやらないと「美しい分業」に欠けるところが出来るよ。今、ボードレールの「巴里の憂鬱」という本を読んで（こっそり）いる。又、注釈を入れた後で送る。近頃は良く、働いているかな？　お料理なども母と料理場に並んでいれば、僕の好みも分かってくれるでしょう。今までの百合子の好みを一応捨てて、山本のそれを受け入れるのが賢明なんですよ。

「恋しい」といってくれるあなたが恋しくてならぬ。写真を一日も早く頼みますよ。そして母さんに甘える事。

利

㉞ 昭和十五年八月十一日　利の手紙

拝啓　九日付　貴翰拝受　いつ見ても嬉しいものです。

今日は土曜日で明日の日曜日を控えて涼しい夏の夜を満喫しています。見習士官の良さも次第にわかって参りました。もう、同僚の見習士官が週番士官で、外出もそれが許可するのですから、楽なものですが、そうなるともう、外出もしたくなくなります。何しろ相当な身分です。

今、こういう仕事が来ました。まあ、縁起の悪いなどと言わないでください。中隊の兵隊が一名、陸軍病院で戦病死したのです。将校の方一名遺族の挨拶に行ってほしいというのです。それで今から出かけます。相当えらくなったでしょう。

それから今度は宜しくない便り。それは、師団司令部をくびになったのです。という訳は師団は皆、営外居住者で、まあ、役所みたいなものなんですが、営内居住の見習士官では不便なのですね。その他理由があって、一日勤めただけでもう当分来ないで良いことになりました。少尉になるまで待てと言われました。それで元の普通の見習士官に帰り、中隊で働くことになりました。然し、僕は前よりいっそう元気です。今のところ、見習士官で帰国の中佐、少佐等の間で小さくなって机に座っているより、それも朝八時から夕五時半迄居眠り一つ出来ないでいるより、中隊で見習士官として兵を使って勇ましくやっている方が余程楽なのです。今のところ、全くその方がいいのですよ。

それで採用された日、嬉しさのあまり手紙を書きましたが、それは取り消しになったわけです。それを悲観しないでください。但し少尉任官後の僕の仕事はこうだという意味でその喜んでいる手紙を差し上げてみます。之は全然駄目になった事を呉々もお忘れなく。そして駄目になったことを少しも悲しんでいない、むしろ喜んでいる旨も含んでおいてください。八月も中旬になって、残り二日半です。久留米市に広島附中での友達がいて、非常に好都合です。借家なども二十円出せば立派なものだと言っていました。

久留米転属もこうなってみれば満更でもなくなりましたね。今度こそ二人だけの世界が展開される可能性が持ち出されました。あまりの人生の展開の好都合に空恐ろしい位です。天よ、この幸を確保させて下さい。

百合さんも元気で体力を確保していてください。立派な軍人の妻になるのですもの、それから隊内も規定でパーマネント、華美な服装の夫人は面会謝絶、門から追い返すことになって、昨日も一人槍玉に上がりました。だから、せいぜい質素な地味な服装をとるようにするのです。母さんにもこの旨伝えて下さい。

「人形の家」二人で戯曲を対話風に読み合わせて行ったらよさそうですね。そして、僕とその良人と絶対に違う点に気が付いていてくだされぱいいのです。法律上の錯誤が何で愛情に亀裂を入れましょう。

では、熱い長いKISSを送る。

利

㉟ 昭和十五年八月十六日　利の手紙

今日は、非常に難しい、然も潤いのない便りをしよう。よく気を付けて心を澄ませて聞いてほしい。若し、君に誤解されると大変な事になるのだから、

前便の一線行の話は僕に関する限り延期された。つまり五聯隊から来た二十一名の見習士官の中、十九名迄がこの二十五日に発つことになった。それで僕はまだ当分（それがどれ程かわからないのだが）出ないことになった。いくら悪い場合でも、十月下旬までは居るだろう。だから一先ず安心されるように皆にもお伝えあれ、所で僕はもし十月に発っても、何月に発っても、今は至極平静な気持ちで行けるつもりだ。僕は百合子への至大な愛を今心中深く感じている。それは並大抵なものではない。

そこで、次の話を聞いてくれるね。

久留米へ来てから外出すべき日曜日が三度あった。そして灼熱の町へ三度出た。朝七時から夕八時迄だ。喫茶店、映画、書店、料理や、十二時間をつぶすのに非常な苦痛をさえ覚えている。どこへ行っても、例えば喫茶店でアイスクリームを食べても、これが君と一緒だったらどんなにおいしかろうと不図心に思う。

又、映画の「格子なき牢獄」はある感銘を興える。従来見過ごしてきたラブシーンのひとつにも変な心のときめきを覚える。この優れた作品を一緒に語り合って百合子を啓蒙することができたら、どんなに効多いことだろうと思う。園長になってほしくもあるし、リュシェールに通ってもらいたくもある。Better Half という僕はともかくも半分になってしまっているのじゃないかと思う。今の儘では半分にすぎない、他の半分を常に求めているのだと考える。

にも拘らず、僕は友達と共に彼らの出征祝いの為に料理屋へ行って飲んだものだ。

美しい芸者も一人に一人づつ呼んで騒いだものだ。騒ぐことは相当面白かった。他の戦友たちは、内地での僅かな一日だとばかり気焔をあげて飲み、女共をからかっている。そして夜が更けるとともに、一人が一人の女と共に去り、次の一人も次の女と共に去りして、部屋には一人の女と僕とだけが残されることになった。

こういう場合は男性にとって相当危険なものである。百合子よ、変な気持ちにならないでくれ。僕は本当の事を言っているのだよ。天地神明に恥じないからこそこういうつまらないことも言っているのだ。僕はその女を傍に眺めながら何の気持ちの動揺もきたさなかった。美しい奴だった。僕は淡々たる気持ちの儘ぼんやりとサイダーを飲んでいた。そしてその時くらい深く百合子への愛を感じた事はなかった。一生僕は一人の女だけを愛してゆく自信がある。又、戦地へ行って、激烈な感情の奔騰のさ中に於てでも身を正しく持することが出来るーーと喜びを腹の底から感ずる事ができたのだった。

実際、傍の女は相当美しかった。然も、それは僕の自由になるものなのだ。（こういう世界が男性には与えられているのだよ）僕は然し、全然平気でいた。

百合子以外の女性は僕にとって何の価値もないものになって了った。万歳だ。

この気持ち程尊いものはないのだよ。世界中に唯一人の女性しか認めない、僕は嬉しかった。僕の心がそこ迄完全に到達しているのだ。美しい生活、美しい夫婦ができるぞと、僕は心強く思ったのだった。つまらない話をした。九月下旬僕が射撃演習から帰ったら、一度、来久しないかね。このころ休みも相当あることだから、それを待っていようね。僕を喜ばせ得る世界で唯一の者の来着を心から待っているよ。

今の心境は戦友の出発、僕の出発の不確実等々で決して明澄でない、けれども元気だ、責任のない日が又過ぎてゆく。

せめて任官後、半年くらい居たいものだね。じゃ、元気で　　　　　　　　　　利

㊱　昭和十五年八月十六日　百合子

ご無沙汰致しました。先日はお便り有難うございました。あなたが喜んでいらっしゃるから、私も嬉しいと思いますので、その理由とやら　少尉になるまで待つ理由があなたにお解りなら私も安心できます。それを知らせていただきたいのではありません。ちょっと不安があるだけ。

さて、お盆らしいこの数日間、十四日の夜　祖父様のお墓へ四人でお詣りしました。久留米のおなたの分も。多数の人出の中を桃源で一休みしながら、散歩して帰りました。あ盆風景　如何でしょう。私は広島のお盆をよく味わったのは初めてなのですが、懐かしくていいものだと思いました。十五日は御家例《ごかれい》（その家に代々伝わるしきたり）で小町へお招ばれ、朝からのんきに遊びました。でも、皆さん、お昼寝の時、私は何となく寝るのが惜しくて世界文学全集より、ハウプトマンの「寂しき人々」を出して読みました。よい勉強に

なりました。
「そこにはケントという良人を理解しようとして出来ない学識の深くない妻がおりました。良人ヨハンスは妻を愛しておりましたけれど、両親は宗教の深い信者にする事のみに努力してヨハンスを理解しないのでした。論文を書いてそれを誰かと話したいのに妻では駄目でした。友人も駄目でした。そこへアンナという女大学出の現代女性、少しも高ぶらぬ立派な女性が現れて相手になるので、その一家は誰もがアンナを愛するけれど、ケントは自分の無学をしみじみ悲しみ次第に体を悪くすることから、アンナはどうしてもその家を出ていくようその母の申し出でアンナは出ていく。けれど、ヨハンスもその後すぐにボートで海へ出て行ってしまうのでした。」

無学の妻は最愛の良人を理解しようと努めます。そして良人の指導を求めます。ヨハンスは妻の気持ちを知り愛してはいてもそれを指導しませんでした。こんな良人が世には普通かもしれません。少なくとも今までは、そうでしたのね。それなのに私はしみじみ幸せを感じました。私の様なつまらぬ女をこれまでに何時も導いてくださる立派な理解ある良人を持っていて、もしもあなたがヨハンスの様だったら、きっと終いにはそんな悲劇になるのにと思うとゾッと致しました。そしてもっともっと勉強してあなたの御心に添いたいと思いました。

何時までもこの覚悟なら、決して悲劇は起こりませんね。そうでしょう？「人形の家」も勿論読みました。ふたつの小説で共通して言えるのは、女が良人と共に高く上って行きたいと望んでいる事でした。愛は強くとも育てることを知らぬ良人の許を妻は離れて行きましたのね。この頃の女学生は少なくとも私の女学生の時は、自分たちの教育程度に不満を持っておりました。男の人に遥に劣っているのが情けなく思いました。そのように考える高く上りたい女性が現代女性と言ってもいいのではないでしょうか？　男の方には扱い悪くなりましたのね。

でも、真の幸福を築くにはその扱い悪い女性を指導していただかねばなりません。勿論、「朗さんのお好きな」封建の女性であってもかまいませんが、封建時代の男性でないことを現代女性の為に祈りますの。

失礼な書き方になりました。お許しくださいませ。

まだまだ書きたい事はございます。けれどあなたのお教えも伺いとうございますから、これくらいで。

何だか生意気なことを申して恥ずかしくなりました。お元気で、お便り楽しみにしております。

百合子

永遠の幸福へお導きくださる最愛の利様へ

本当に私は仕合せ者
何と言ってお礼してよいのでしょう
ああ、九月早く来る様に
　　　　　さようなら
紫の花は夏ぼたん

おわりに

ここまで、拙い文をお読みいただき、有難うございました。

父、山本利は書いたものを発表したい残したいと考えていたふしがありました。軍隊生活で、学生時代の様にいろいろな雑誌に論考や小説を発表することが出来なくなったことを残念に思っていたようです。この度、突然思い立って、彼の遺した文をこのような形で発表することになりました。彼はどう思うでしょうか。余計なことを！と言いながら、八〇年後のどなたかがお読みくださることに、喜びを感じてくれるといいがと思います。

母、山本百合子は、父からの手紙類を折鶴が描かれた漆塗りの文箱に保管していました。文箱と、その上に重ねてあった結婚式のアルバムは、疎開する時に真っ先に持ち出した母にとっての宝物だったのかもしれません。

父からの手紙類は、封筒から出して、便箋だけを重ねてあり、そのせいで、（母の手紙は封筒に入っており、住所も月日もほぼ分かるのですが、）父が、何時、何処から出した手紙なのか、内容からしか判断できない状態でした。おまけに父の手紙は、小さい字で、整然と描かれている手紙が大半ではありましたが、殴り書きで判読が困難な紙片もあり、あまつさえ、インク瓶をひっくり返したと見えて、紺色のシミが数ページに渡って広がっている小説もありました。それでも、小説の内容が興味深かったので、なんとか読んでみました。（結婚式当日の事を書いた「止まれる瞬間」とその続編）。八〇年前のインクは、乾ききって、ぽろぽろと零れ落ちました。

小説は、未完のものを除いて四編あったので、本編の中に組み入れました。父本人は、「山田亨」、母は結婚前が「村越登紀子」となっていたので、小説の中では、その名前を用いました。本名の、「山本利」を知る人はもういません。弟、山本朗も、親友の岡本さん、宍戸さんも、妻、百合子も鬼籍に入りました。

両親（山本実一、弘子）の慈愛に包まれて何不自由なく過ごした幼年、少年、青年時代と、それに続く過酷な六年に及ぶ軍隊生活、あわせて二九年余の人生を、昭和二〇年八月六日に、強制終了させられました。

手紙は昭和十三年から十四年九月の結婚式までが利―四五通、百合子―二四通。十五年十月、豊橋の予備士官学校からの利の手紙―三〇通、百合子―十四通。士官学校を出て、十五年春からの久留米市西部五一部隊で見習士官時代が、利―十通、百合子―十四通。十五年十一月に少尉になってからの手紙はほとんど見当たりません。理由は、十五年終わりごろからふたりで住む家を久留米市内で探し始め、同居が叶ったからではないかと推察されます。家探しには、いろいろ障害が出来したようです。ガスがなかったり、電気がなかったり、風呂がなかったり、家賃の問題もありました。借家の絶対数が足りなかった様子が縷々書かれていました。一体、いつからふたりで暮らし始めたかは、手紙の必要がなくなったからかと思われますが、書かれていないため、わかりませんでした。昭和十六年四月を最後にふたりの手紙が途絶えた為、私のもっとも知りたかった利の開戦時の感想を知る手掛かりは失われました。次に知りたかったその後のビルマからの便りも見当たらないのです。残っているのは、婚約時代と、二人が離れ離れに暮らしていた結婚後の約一年の軍隊生活の記録でした。

父はリベラルであるはずと思い込んでいた私から見て、手紙のどこにも、戦争そのものや軍部に対する批判めいたものが見当たらなかったことに、失望を禁じえなかったと書きましたが、戦前の教育が、私が受けた教育と、真逆だったからかもしれないと思いなおすと、一概に彼を責めるわけにもいかなくなりました。

アメリカには「独立宣言」があり、フランスには「人権宣言」があって、人は生まれながらにして平等であり、国家を組織する目的は、人民の自由や権利を保障することであり、主権が人民にあることを謳っています。ところが、日本では、明治維新以降、主権は天皇に在り、個人より、国体を重んじるよう教育されてきたようです。そうであるなら、真面目に勉学に励む人ほど、利の様な「天下の秀才」になるのかもしれないと思う様になりました。大変残念なことは、このような戦前教育の申し子であった父が、日本国憲法を知らずに旅立ったことです。彼が、どのように感じて、その後の人生を送ったかを見てみたかったと思います。

第二次世界大戦での夥しい死者の犠牲と引き換えに手に入れた平和憲法を学んだ時の喜びを、私は忘れることができません。日本国憲法前文と九条を暗唱したことも、懐かしい思い出です。なにかと、物事を悲観的に考える性の私ですが、日本人に生まれてよかったと心から思えるのは、ひとえにこの、「日本国憲法」を持つ国だからです。

日本国憲法の前文はどこをとっても、私には重要な文章ですが、ここに、最初のフレーズを掲載したいと思います。

日本国憲法　前文

日本国民は、正当に選挙された国会における代表者を通じて行動し、われらとわれらの子孫のために、諸国民との協和による成果と、わが国全土にわたって自由のもたらす恵沢を確保し、政府の行為によって再び戦争の惨禍が起ることのないやうにすることを決意し、ここに主権が国民に存することを宣言し、この憲法を確定する。

代表者については、「正当に選挙され」ているのかどうか、疑問符のつく昨今です。「政府の行為によって再び戦争の惨禍が起ることのないように」に到っては、政府はわざわざ周辺国との摩擦を煽って今にも戦争が起こる状況を作ろうとしているようにしか見えないのです。

日本国憲法は一九四六年十一月三日に公布されてから、これまで、七六年間、一言一句変えられていません。改憲派からは、そのことを批判され、時代に合わなくなったと、言われることもあります。しかし、二〇一五年九月に成立した安保法制で、集団的自衛権が容認されたことから、憲法の条文は一言も変えられないまま、戦争のできる国へと一歩踏み出した感があります。

平和憲法の旗は、今やボロボロで、憲法を改変しようとしている勢力が多数を占めて十年近くが過ぎ、さらにまた、国民投票にまで持ちこもうとする力が大きくなるばかりです。

主権在民、平和主義（戦争放棄）、基本的人権の尊重を謳った日本の歴史上初めての最高法規が、戦後七七年たった今年、根底から覆されそうになっています。七七年も経て、日本の人々の心には日本国憲法の理念が定着しなかったように見えます。非常時となると、お国の方を一斉に向いてしまう。お国が、たとえ間違ったことを言っても、右へ倣えをしてしまいそうです。二度と戦争を起こさないため、自らの犯した過去の侵略戦争への反省のもとで、世界へ発した非戦の約束の憲法だったのではなかったのでしょうか。「軍隊を保持しない」日本が、防衛費をＧＤＰの一％から二％へ増強すれば、世界で第三位の軍事大国になるというパラドックス。憲法を変えないでも、解釈だけで、違憲であっても、為政者の思いのままの軍事大国へひた走っています。反撃能力を保持するとして、その一撃が相手国の人々を殺すことを想像しているでしょうか。父が大砲を磨きながら、これを撃った先には人がいるということを想像していないように見えたことには、この人の限界を感じました。そんなことはない、想像していたというなら、冥土から、反論しに来てほしいくらいです。

ただ、ひとつだけ、父を擁護したいのは、当時は、情報が統制されて批判的な言説は表に出てこなかったので、知りようがなかったのではないかということです。これに対して、今日の私達はどうでしょう。情報は有り余るほど、意識すれば手に入れることが出来ます。情報を精査する力があれば、日本が置かれている本当の姿を把握することが可能です。

日本国憲法を持つ日本が、「敵基地攻撃能力」（反撃能力と呼ぼうと）保有の分岐点にいるなど、想像もできないことでした。目先の危機のみを見て、攻撃されたら反撃だと単純な反応をしてしまう五〇％を超える人々が存在することを危惧します。戦時体制に巻き込まれて、受動的ではなく、むしろ能動的に日本の推し進める戦争に加担した戦前の日本の、父たちの様な国民の轍を踏まない様、感覚を研ぎ澄まさねばならないと思うのです。

また、恋文の中で二人がともに読み、感動し、人生の指針とまで思った本が「放射能（ラジウム）の発見者・キュリー夫人の傳記」だったことには、複雑な思いがします。母があこがれを抱いたのは、キュリー夫人の生き方でした。父から教育される一方であった母が、初めて父に先んじて『キュリー夫人傳』を書店で見つけ、買い求めて、化学の本を傍らに読み進め、その時々の感動を父に伝えないではいられない様子が、生き生きと綴られていました。

父を知りたくて読み始めた恋文が、父と共にあった時の母を見せてくれました。父を探す旅が、図らずも母を発見する旅にもなりました。

溌溂とした戦前の母と、感情の乏しい自我をどこかに置き忘れたかのような戦後の母とのあまりの落差に驚きを覚えましたが、疑問の一端が解けたような気もしました。Halfをもぎ取られ、何を見ても何を聞いても、伝えたい相手がいないという深い悲しみがその後数十年にわたって続きました。

母百合子は二〇一七年十二月五日、九七歳で亡くなりました。被爆者ではありましたが、父の分まで生きたのだと思います。

最晩年、母を見舞った時、「お母ちゃまの人生はどんな人生だったの？」と、尋ねてみました。母は私の頭上を越えた遥か遠くを見やりながら、長い長い熟考の末に、はっきりと応えました。

「私の人生は・・・、私の人生は、一生かけてお父ちゃまを愛する人生だった」

【付記】

最後になりましたが、七七歳にして初めて本書を出版するにあたり、何もわからない私を優しく指導してくださった株式会社「てらいんく」の佐相美佐枝さん、「てらいんく」を紹介してくれた姉、徳丸邦子（詩誌『かたつむり』主宰）、写真の選定をはじめ、全般にわたるアドバイスをしてくれた長女、常石史子（獨協大学　准教授）へ、心からの感謝を伝えたいと思います。

二〇二三年五月　　　　　　常石登志子

参考文献

追悼録編集委員会　糸川成辰『山本実一追悼録』中国新聞社　一九五八年
宍戸幸輔『広島が滅んだ日～二七年目の真実～』読売新聞社　一九七二年
御田重宝『もうひとつのヒロシマ～ドキュメント中国新聞社被爆～』教養文庫　一九八七年
宍戸幸輔『広島原爆の疑問点』マネジメント社　一九九一年
宍戸幸輔『広島軍司令部壊滅』読売新聞社　一九九一年
笠原十九司『南京事件』岩波新書　一九九七年
山本治朗『追想　山本朗』中国新聞社　一九九八年
半藤一利『昭和史』平凡社　二〇〇四年
吉田裕『アジア・太平洋戦争』岩波新書　二〇〇七年
山本朗『信頼』中国新聞社　二〇一二年
堀川惠子『暁の宇品』講談社　二〇二一年
樋口英明『私が原発を止めた理由』旬報社　二〇二一年

常石 登志子（つねいし としこ）〔旧姓　山本〕

1946年1月、広島に生まれる。広島大学教育学部付属中・高等学校を経て、1968年慶應義塾大学フランス文学科卒。在学中は「三田新聞学会」に所属し文芸面を担当。1969–70年、『安藝文学』同人。1976年以降は公文式算数・数学教室等で小・中・高校生の指導にあたる。2001年より、リサイクルで海外支援するNPO法人「WE21ジャパン・さかえ」でボランティア活動。2011年の東日本大震災以降、「ぶんぶんトークの会」の立ち上げに関わり、学習会、講演会、自主上映会等を主催し、地域に脱原発を拡げる活動に尽力。2015年より「安保法制廃止・憲法を活かそう オール栄区の会」にて、日本国憲法を守るための市民運動に参加している。

戦時下の恋文　原爆で消えた父を探して

発行日　2023年8月6日　初版第一刷発行
著　者　常石登志子
発行者　佐相美佐枝
発行所　株式会社てらいんく
〒215-0007　神奈川県川崎市麻生区向原3-14-7
TEL　044-953-1828　　FAX　044-959-1803
e-mail　mare2@terrainc.co.jp
印刷所　モリモト印刷株式会社

ISBN978-4-86261-180-2　C0095

定価はカバーに表示してあります。
落丁・乱丁のお取り替えは送料小社負担でいたします。
購入書店名を明記のうえ、直接小社制作部までお送りください。